四谷シモン作　Portrait d'une pettie fille／撮影・渡辺兼人

中公文庫

少女コレクション序説

澁澤龍彥

中央公論新社

目次

I

少女コレクション序説

I

少女コレクション序説

「少女コレクション」という秀逸なタイトルを考え出したのは、自慢するわけではないが私である。おそらく、美しい少女ほど、コレクションの対象とするのにふさわしい存在はあるまい、と考えたからだ。蝶のように、貝殻のように、捺花のように、人形のように、可憐な少女をガラス箱のなかにコレクションするのは万人の夢であろう。『白雪姫』の小人たちは、毒林檎を食べさせられた白雪姫が死んでからも、まるで生きているように美しく赤い頬をしているので、これを土のなかに葬るに忍びず、透明なガラスの柩をつくらせて、その内部に姫を寝かせ、山の上に運んでいって、いつも自分たちで番をしていたというが、さすがに知恵のある小人のことだけあって、うまいことを考えたものである。おまけに、このガラスの柩には、金文字で姫の名前が書きこまれ、姫が王女の身分であることまで一目で分るような仕掛になっていたらしい。これではまるで標本ではないか。ラベルにラテン語で新種の蝶の学名を書き入れるウラジーミル・ナボコフ教授の情熱と、もしかしたら、それはぴったり重なり合うような種類の情熱だったのではあるまいか。

コレクションに対する情熱とは、いわば物体《オブジェ》に対する嗜好であろう。生きている動物や鳥をあつめても、それは一般にコレクションとは呼ばれないのである。艶やかな毛皮や極彩色の羽根を誇示していても、すでに体温のない冷たい物体、すなわち内部に綿をつめられ、眼窩にガラスの目玉をはめこまれた完全な剝製でなければ、それらはコレクションの対象とはなり得ないのだ。同様に、昆虫でも貝殻でも、生の記憶から出来るだけ遠ざかった、乾燥した標本となって初めてコレクションの対象となる。物体愛こそ、ほとんどエロティックな情熱に似た、私たちの蒐集癖の心理学的な基盤をなすものでもあろう。

誤解を避けるために一言しておくが、私はべつに、少女の剝製、少女の標本をつくることを読者諸子に教唆煽動しているわけではない。それが可能ならば、この上ない浄福を私たちにもたらすことでもあろうが、いかんせん、現実世界では犯罪のみが、かかる目的を辛うじて実現し得るにすぎないのだ。そうではなくて、私がここで読者諸子の注意を喚起せんとしているのは、少女という存在そのものの本質的な客体性だったのである。なにも私たちが剝製師の真似をして、少女の体内に綿をつめ、眼窩にガラスの目玉をはめこまなくても、少女という存在自体が、つねに幾分かは物体《オブジェ》であるという点を強調したかったのである。
もちろん、現代はいわゆるウーマン・リブの時代であり、女権拡張の時代であり、知性においても体力においても、男の独占権を脅しかねない積極的な若いお嬢さんが、ぞくぞく世に現われてきているのは事実でもあろう。しかしそれだけに、男たちの反時代的な夢は、純粋客体としての古典的な少女のイメージをなつかしく追い求めるのである。それは男の生理の必然であって、べつだん、その男が封建的な思想の持主だからではない。神話の時代から現代にいたるまで、そのような夢は男たちにおいて普遍的であった。老ゲーテや老ユゴーの少女嗜好を云々するまでもなく、サチュロスはニムフを好むものと相場がきまっているのである。シュルレアリストたちの喜ぶファンム・アンファン（子供としての女）も、ハンス・ベルメールの関節人形も、そのような男の夢想の現代における集約的表現と考えて差支えあるまい。

小鳥も、犬も、猫も、少女も、みずからは語り出さない受身の存在であればこそ、私たち男にとって限りなくエロティックなのである。女の側から主体的に発せられる言葉は、つまり女の意志による精神的コミュニケーションは、当節の流行言葉でいうならば、私たちの欲望を白けさせるものでしかないのだ。リビドーは本質的に男性のものであり、性欲は男だけの一方通行だと主張したのは、スペインの内分泌学の大家グレゴリオ・マラニョンであるが、そこまで極論しなくても、女の主体性を女の存在そのもののなかに封じこめ、女のあらゆる言葉を奪い去り、女を一個の物体に近づかしめれば近づかしめるほど、ますます男のリビドーが蒼白く活潑に燃えあがるというメカニズムは、たぶん、男の性欲の本質的なフェティシスト的、オナニスト的傾向を証明するものにほかなるまい。そして、そのような男の性欲の本質的な傾向にもっとも都合よく応えるのが、そもそも少女という存在だったのである。なぜかと申せば、前にも述べた通り、少女は一般に社会的にも性的にも無知であり、無垢であり、小鳥や犬のように、主体的には語り出さない純粋客体、玩弄物的な存在をシンボライズしているからだ。

当然のことながら、そのような完全なファンム・オブジェ（客体としての女）は、厳密にいうならば男の観念のなかにしか存在し得ないであろう。そもそも男の性欲が観念的なのであるから、欲望する男の精神が表象する女も、観念的たらざるを得ないのは明らかなのだ。要は、その表象された女のイメージと、実在の少女とを、想像力の世界で、どこまで近接させ得るかの問題であろう。女が一個のエロティックなオブジェと化するであろうような、生物学的進化の夢想によって、ベルメールが苦心の末に完成した人形も、つまるところ、こうした観念と実在とを一致させる一つの試みと見なすことができるかもしれない。

次に、私の好みにしたがって、少女に関係のあるいくつかの重要なテーマを抜き出し、少女コレクションの内容にふさわしく、これに簡単なコメントを付してみたいと思う。

「眠れる森の美女」

少女が父親に対するリビドー的固着、すなわちエレクトラ・コンプレックスをもちながら、陰核による自慰の誘惑を断念し、やがて彼女に膣の快感を教えにくる若者を待つまでの、待機のための長い長い眠りの期間を、好んで童話の女主人公の名前を借りて表現したのは、女流精神分析学者のマリー・ボナパルト女史であった。

「真の女になるべく予定された少女は、一般に最終的な快楽、膣オルガスムを得るのに成功するより以前に、陰核による自慰を放棄し、それまでの不十分な快楽をわずかな思い出としたまま、潜伏期間に入らねばならない。かくて、母親の男根的な紡錘竿《つむざお》で手を傷つけた『眠れる森の美女』のように、自慰の罪を負ったその手のために、少女の既成のリビドー組織は眠りにおちいり、やがて夫が処女膜の森の茨《いばら》を分けてやってくるまで、その眠りから覚めることがないのである。私たちの家庭における少女の理想的な発達とは、このようなものであろう。」（『女性の性的素質』）

「眠れる森の美女」とは、女のエロティシズムがクリトリス系統から膣系統に移行するまでの、曖昧な潜伏期間に生きている少女のことである。男の子と違って少女の場合、性のドラマはきわめて複雑で、たとえば少女が去勢コンプレックスに対する反動として、女であることを拒否し、ペニス羨望をいよいよ強固にし、父親と同化したがるならば、彼女はいつまでもクリトリス段階にとどまることになる。つまり「眠れる森の美女」の眠りが、不幸にしていつまでも覚めないわけだ。ノーマン・メイラーに嚙みついたウーマン・リブの闘士たちも、このような段階にとどまっている無邪気な女たちであるかもしれない。

「少女コレクション」の愛好家にとって、「眠れる森の美女」はもとより魅惑の対象であるにはちがいないが、しかし一方、あまりに長く眠りすぎた美女は、残念ながら、すでにコレクションに加えるべきオブジェたる資格に欠けるものと断定せざるを得ないであろう。

「塔に閉じこめられた姫君」

マリー・ボナパルト女史がおもしろいことをいっている。

「卵子から恋人まで、女性であることの役割の一切は、待つことにほかならない」と。膣はペニスを待ち、卵子は精虫を待ち、「眠れる森の美女」は王子の到来を待っている。いや、「眠れる森の美女」ばかりでなく、シンデレラも、「驢馬の皮」も、白雪姫も、すべて童話の女主人公は忍耐強く王子の到来を待っていなければならない。同じ年ごろの男の子が、冒険を求めて世界を遍歴したり、怪物や巨人を相手に闘ったりしているのに、こちらは、暗い城や塔や洞窟の中に押しこめられ、閉じこめられて、死んだような深い眠りにとらわれつつ、ただひたすら待っているのである。

この待っている状態が、童話のなかでしばしば「塔に閉じこめられた姫君」の美しいイメージによって表現されているのは、読者も周知であろう。グリムの「ラプンツェル」の塔が、そのもっとも典型的な例だ。元来、破瓜期の少女を小屋に閉じこめて、一定期間、共同体から隔離するという習慣は、どこの民族のあいだにも認められた一種の通過儀礼であり、この儀礼の深い意味は、近親姦への自然的欲求から少女を遠ざけて、少女のクリトリス段階を克服せしめることにあったといわれている。塔のイメージは、この隔離のための小屋を童話風に潤色したものにほかなるまい。「眠れる森の美女」も、高い塔の上で百年の眠りに落ちるのである。

童話だけでなく、キリスト教の聖女伝説にも、この「塔に閉じこめられた姫君」のテーマが見つかるのは興味ぶかい。ファン・アイクの名高いデッサン「聖バルバラ」（一四三七年）は、巨大なゴシックの塔を背にして端然とすわっている聖女を描いたものだ。伝説によると、彼女はヘリオポリスの富豪の家に生まれたが、娘の結婚を許さない嫉妬ぶかい父親のため、高い塔の内部に幽閉された。孤独のなかで、やがてキリスト教に改宗した彼女は、ある日、父の不在中、それまで二つしか窓のなかった塔の壁に、職人に命じて三つ目の窓を穿たせた。魂は三つの窓、すなわち聖なる三位一体によって光明を受けねばならないからである。これを聞いて激怒した異教徒の父親は、みずから娘の首を刎ねたという。――この伝説では、エロティシズムが宗教によって語られているところが出色であろう。すなわち、娘がクリトリス段階を克服することを喜ばない反社会的な父親は、キリスト教によって象徴された膣系統のエロティシズムに、娘が親しみ出したことに怒りを発したのである。それにしても、三つ目の窓とは、ずいぶん露骨なアナロジーではなかろうか。

水妖メルジーネ、ウンディーネ

ルネサンス・バロック期の汎神論的自然哲学からドイツ・ロマン派を通過して、現代のシュルレアリスムにまでいたる北方的心情の系譜に、水の妖精として表わされた美女を崇拝する伝統がある。パラケルススの『妖精の書』、フーケの『ウンディーネ』、ゲーテの『新メルジーネ』、ハウプトマンの『沈鐘』、アンデルセンの『人魚姫』、さらに現代のアンドレ・ブルトンの『ナジャ』などを思い起すならば、読者はおよその概念を得ることであろう。水のなかに棲む魚の下半身をした妖精は、男を迷わせる危険な要素のある、古代異教の処女神か、あるいはヘブライ神話のリリトの変形したすがたでもあろうか。いずれにせよ、処女の冷たい面が、ここでは明らかに水によって象徴されているのである。スイス生まれの幻想画家フュスリの作品に、「キューレボルン」(「冷たい泉」の意)がウンディーネを漁師のところへ連れてくる」という題のものがあることも、ここで忘れずに指摘しておこう。

処女神ディアナ、ダフネ、ジャンヌ・ダルク

ギリシア・ローマ神話では、処女神は月の女神ディアナであるが、彼女には冷たい生娘の性格と、破壊を好む戦闘的な、はげしい女の性格とが二つながら認められる。うら若い処女の身でありながら、世のつねの少女のように、糸をつむいだり織ったりするのを好まず、髪を白い紐で束ね、弓矢を手にして山野を駈けまわり、もっぱら狩猟に日を送る。つまり、彼女は男になりたいのだ。精神分析学では、そこで少女のペニス羨望をディアナ・コンプレックスと称することがある。アポロの求愛をきらって逃げまわり、ついにゼウス

によって月桂樹に変えられた若いニムフ、ダフネのコンプレックスもまた、性愛一般を嫌悪ないし恐怖する若い娘の感情をあらわすものとして、精神分析学で登録済みの用語となっている。

ディアナのような戦闘的な処女のイメージは、単に神話の世界のみならず、世界各地の伝説や歴史のなかにも、さまざまに形を変えて生きている。白鳥の翼をした少女のすがたで表現される、北欧神話のヴァルキュリーも、戦闘好きな女神であり、一種の処女神であろう。さらに歴史上の例を求めるならば、オルレアンの処女ジャンヌ・ダルクがあり、フランス革命期におけるカーンの処女シャルロット・コルデーがある。ジャンヌは敗れてイギリス軍に捕えられるや、宗教裁判にかけられ、魔女として焼き殺された。コルデーもまた、血に酔った民衆の罵声を浴びながら、ギロチンにかけられて首を刎ねられた。一般に、処女は危険な力を有すると信じられていたのであり、さればこそ、戦闘においても、それが相手方を慴伏せしめる原因となり得たのだった。月経の血や初夜の処女膜の出血に、男性の精力を破壊する、不吉な効力を認める昔ながらの信仰も、これと同じ考え方に由来するものであろう。古代人は処女に対して畏怖の念をいだいていたのであり、この感情は潜在意識として、おそらく、フランス革命期にまで生きていたのである。いや、もしかしたら現代にだって、こうした信仰の隠微な名残りは認められるかもしれない。

ロリータ、ニンフェット

『ロリータ・コンプレックス』の著者ラッセル・トレイナーによると、「ロリータが形成されるのは、さまざまな無意識の願望や衝動、すなわち父親固着コンプレックス、去勢願望、ペニス羨望、強姦願望などによって」である。これでは精神分析学の模範的答案を見るようで、いささか味気ない思いがしないこともない。しかしロリータ現象なるものは、私見によれば、視点を少女の願望の側に置いて眺めるよりも、むしろ視点をハンバート、いや、ナボコフ自身の側に置いて眺めるべき問題ではなかろうか。珍種の蝶を採集でもするように、純粋な観念の世界で少女のイメージを執拗に追い求めるナボコフのすがたに、私たちは否応なく感動させられるのである。ドニ・ド・ルージュモンが指摘したように、トリスタンの愛の神話からもっとも遠い、邪悪な観念の淫蕩にふけっている著者の立場は、おそろしいほど孤独なのである。マラニョンではないが、これこそ男の性欲の「一方通行」の極致であろう。

エドガー・ポーの女、死美人

私がただちに想起するのは、ユイスマンスの次のような評言である。「ポーの女主人公たちは、モレラにせよ、リジイアにせよ、いずれもドイツ哲学の濃霧と古代オリエントのカバラの神秘のなかで鍛えられた、該博な学識の所有者であり、いずれも少年のような天使のような中性の胸をもち、いわば、いずれも性《セックス》がないのである。」「ポーにおいては、その恋愛は純潔で天使のようで、感覚は少しもそこに介入せず、しっかり立った孤独な頭脳は決して官能と相呼応することがない。もしそこに官能があったにせよ、それは永遠に凍結した、処女のままの官能である。」（『さかしま』）

ディアナの月は処女性の象徴であると同時に、また冷感症の象徴でもある。処女崇拝が冷感症崇拝にむすびつき、さらに極端に走ってネクロフィリア（屍体愛好）に到達するのも、あくまで不可能を求めるエロティシズムの論理からすれば、べつに不思議はなかろう。ポーのネクロフィリアの幻影のなかに次々に浮かびあがってくる女たちの顔には、きまって、幼くして死んだ処女妻ヴァージニアの顔と、さらに母の顔とが二重写しになっていた。実際、ポーほど、生涯をかけて「少女コレクション」に熱中した精神はまれなのではなかろうか。しかも、彼は愛する少女を作品のなかで次々に死なせるのであるから、いやが上にも、そのコレクションは完璧となる。ポーのえらぶ花嫁は、いずれも屍蠟のように蒼白な顔色をしていて（作品の世界においても、実人生においても）、必ず病気にかかっており、彼がもっとも彼女を愛するのは、彼女に死の近づいた時なのである。死の徴候があらわれなければ、彼の愛は完成しないのだ。

ピュグマリオン、人形愛

ロマンティックな冷感症崇拝は、十九世紀の産業革命とともに、人工性と技巧を尊重する機械崇拝にも道をひらいたように思われる。そのころ、リラダンの『未来のイヴ』が誕生したのも偶然ではあるまい。自動人形は女以上の女、自然の女よりもはるかにすぐれた性能を示す、エロティックな人工の女なのである。二十世紀のシュルレアリストたちが、エルンストもダリもマッソンも、競ってマネキン人形の製作に熱中しているのは、この意味からも興味ぶかいものがあろう。すでに古代ギリシアの神話にも、みずから製作した象牙の人形に恋をするピュグマリオンの物語がある通り、この人形愛は、もちろん産業革命以前にも存在していた。私はかつて、これを父親の娘に対する近親姦コンプレックスの変形した一つの現われとして眺める立場から、「デカルト・コンプレックス」というネオロジスムによって呼んだことがある。コギトの哲学者の娘に関する逸話については、何度も書いたことがあるから、ここではふたたび繰り返すまい。

女を一個の物体《オブジェ》に出来るだけ近づかしめようとする「少女コレクション」のイマジネールな錬金術は、かくて、窮極の人形愛にいたって行きどまりになる。ここには、すでに厳密な意味で対象物はないのだ。ポーのように、死んだ者しか愛することのできない者、想像世界においてしか愛の焔を燃やそうとしない者は、現実には愛の対象を必要とせず、対象の幻影だけで事足りるのである。幻影とは、すなわち人形である。人形とは、すなわち私の娘である。人形によって、私の不毛な愛は一つのオリエンテーションを見出し、私は架空の父親に自分を擬することが可能となるわけだが、この父親には、申すまでもなく、社会の禁止の一切が解除されているのである。まさにフロイトがホフマンの『砂男』の卓抜な分析によって証明したように、人形を愛する者と人形とは同一なのであり、人形愛の情熱は自己愛だったのである。

人形愛の形而上学

わが国にも、人形のコレクションをしている人形愛好家、もしくは人形研究家といったようなひとたちの数は多いが、それらのひとたちに対する私の何よりの不満は、いわば人形愛の形而上学とでもいうべきものが、彼らに決定的に欠けているという点なのである。

私は、民芸風な郷土人形にはまったく関心がないし、また展覧会に出品されたりする芸術人形、あるいは趣味的な手芸の人形にもまったく興味がない。名前をあげるのは遠慮するが、現代の前衛美術家の制作する毒々しいオブジェ人形にも、ただ不快感を催すだけである。モダン・ダンスよりはクラシック・バレエの方がずっと良い、というような意味で、私にとっては、新しい人形よりも古典的な人形の方がずっと魅力的なのである。ハンス・ベルメールの関節人形は、彼がベルリンのカイザー・フリードリヒ美術館で見た、デューラー派の画家の手になる古い人形を、新たに復活させたものにほかならない。決して新しい人形ではないのである。

そして人形愛の形而上学は、必ずしも新たに創作された現代の人形と無縁ではないにせよ、むしろ素朴なアニミズム的信仰の影をとどめた古い人形の方にこそ、かえって明瞭な形で読みとれる場合が多いのである。私が愛するのは、そのような源泉にさかのぼった人形の観念、げんに出来あがった人形のなかに透けて見える、古い人形の観念なのだ。

「人形愛」という新造語を初めて文章のなかで使ったのは、たぶん私だろうと思われるが、当初の私の意向では、この言葉は、ヨーロッパで用いられるピグマリオニズムの翻訳語のつもりだった。ピグマリオニズムは公認済みの心理学用語、性病理学用語であると同時に、私の考えでは、この言葉の原因になったギリシア神話の主人公の野心のように、象徴的にもせよ形而上学への志向をふくまなければならないものなのである。形而上学というよりも、むしろ魔術といった方がぴったりするかもしれない。レヴィ＝ブリュールの原始心性の仮説などを、ここで思い出しておくのも無駄ではあるまい。

そもそも遊びや玩具のなかで、その起源に、魔術的ないし宗教的な意味を見出すことができないようなものは、ほとんど一つもないのである。最近、民族学では仮面の研究がさかんのようであるが、人形の魔術的な意味も、たぶん、これとパラレルだと考えて差支えなさそうである。人形はしばしば、人形が模倣するモデルの性質を分有すると見なされてきたのである。逆に考えれば、人形のモデルは、人形に対して加えられた虐待や愛撫を、そのまま我が身に感じるはずだった。これが呪いの原理であって、さまざまに複雑な儀式を伴いながらも、この原理そのものは、有史以前から古代や中世、いや、近代にいたるまでも、ほとんど変るところがなかったのである。わが国でも、藁人形や形代《かたしろ》による人形信仰は連綿と行われているし、ヨーロッパの魔術の歴史を通覧すれば、いわゆる「愛の呪い」や「憎悪の呪い」のために人形が使用されたという例は、それこそ枚挙にいとまがないほどであろう。ピュグマリオンは、この「愛の呪い」の元祖ともいうべき神話の人物である。

ジャン・プラストーはその著『自動人形』のなかで、「自動人形はおそらく、私たちの形而上学的不安から生まれた」と述べているけれども、これは単に自動人形ばかりではなく、人類の考え出した最初の玩具であるところの、あらゆる素朴な人形についても当てはまる評言ではないだろうか。

＊

自動人形は、あくまで人形のなかの特殊な形態ではあるが、そのなかに、あらゆる人形に一般的な人形愛の形而上学が、もっとも純粋な形で見出されるはずなので、私にとっては何よりも論じやすい対象となっている。

子供は夢のなかで、しばしば自分の人形が生きて動き出すシーンを眺める。アンデルセンの『小さなイダの花』では、女の子が夜の夢のなかで、花たちと一緒にダンスを踊る人形のすがたを盗み見る。ホフマンの『胡桃割り人形』でも、夜間、人形が鼠の大群と一戦を交える。童話作家の夢想のなかに現われた子供の願望は、しかし、もとより子供だけのものではなかった。生きた人形を造り出そうという野望は、さまざまな形のもとに、つねに私たち人類を悩ましてきた夢想の一つだったのである。もしかしたら、もっとも重大な人類の形而上学的野望が、この自動人形制作の夢のなかに集中的に表現されている、といえるかもしれないのだ。

すでに拙著『夢の宇宙誌』その他で、私は、古代から近代にいたる自動人形制作者たちの興味ぶかいエピソードを、私の知るかぎり、ことごとく紹介しつくしてしまったような気がするので、ここでは、それをふたたび繰り返すつもりはない。ただ、人間精神の発展の上から見た、特筆すべき事例のいくつかを述べながら、自動人形の歴史を簡単な構図のなかに要約してみたいと思う。私は前に、オーギュスト・コントの説く有名な人間精神の発展の三段階の法則に、玩具の発達の歴史を当てはめてみたことがあるけれども、もちろん、これは自動人形の歴史を眺めた場合にも、なお十分に有効であろう。

まず、技術家《テクノクラート》の神話的シンボルともいうべき天才的な工匠、ダイダロスに関するエピソードを述べておかねばならぬ。ダイダロスは鍛冶の神へパイストスの真似をして、ひとりでに動く木製のウェヌス像を造ったといわれており、このことはアリストテレスも語っているくらいだから、かなり広く知られていたものと考えてよかろう。ウェヌス像は、体内の水銀によって動く仕掛けになっていたという。その後、クレタ島やロドス島の鍛冶師の造った人形も、もっぱらダイダロスの作といわれているほどなので、文字通り、彼は技術者仲間の神であったようだ。ただ、それらの人形には忌わしい噂があり、夜な夜な台座を脱け出しては、人間や神々の像と情交するというので、夜のあいだは縛っておかねばならなかった。……

このあたり、ピュグマリオン伝説を思わせるし、またメリメの短篇『イールのヴィーナス』の主題にも通じる、エロティックでしかも怪奇なものがある。日本の『今昔物語集』巻第十七にも、ピュグマリオン伝説のヴァリエーションというべき「吉祥天女ノ摂像ヲ犯シ奉レル人ノ語《はなし》」があるのを、ついでに指摘しておこう。むろん、これらは単にエロティックな伝説というだけでなく、またオーギュスト・コントの「神学的段階」にふさわしい、超自然現象を畏怖した当時の民衆の心の反映した、悪魔的な工匠の伝説とも見なければならない。これもついでだが、物語に現われたピグマリオニズムの現代版として、まだ私たちの記憶に新しいのは、ギュンター・グラスの小説『ブリキの太鼓』のなかに出てくる、古いダンツィヒの海洋博物館で、木彫りの少女像ニオベと情交して果てる青年のエピソードであろう。

中世やルネサンスの錬金術師は、レトルトのなかで人工的な人間を造出しようと努力した。十六世紀の医者パラケルススによって、その製法の理論化されたホムンクルスがそれであり、ゲーテは『ファウスト』第二部「実験室の場」で、このホムンクルスの誕生をまざまざと描き出した。同じく人造人間とはいっても、この化学的に合成される人工胎児ホムンクルスと、メカニックな技術によって制作される自動人形とは、そのあいだに大きな隔りがあろう。それでも、人間を一個のミクロコスモスと見なす錬金術特有の考え方が、人形愛の形而上学に一本の太い支柱をあたえた形となって、当時の自動人形制作者たちの探究心を鼓舞したことは疑い得まい。ミクロコスモスの具体的なイメージは、まさに自動人形そのものだからである。すでにプラトンが『法律』のなかで、「私たち人間は神の造った操り人形ではないだろうか」という感慨をもらしている。メカニックな探究と化学的な探究とは、相交わりながら自動人形の夢をはぐくんだのである。

私がとくにおもしろいと思うのは、十世紀の法王シルヴェステル二世、十三世紀のスコラ哲学者アルベルトゥス・マグヌス、同じくロジャー・ベーコン、十五世紀のレオナルド・ダ・ヴィンチ、十七世紀のデカルトなどといった、それぞれ当代一流の大知識人が、いずれも、自動人形制作の夢に憑かれていたという事実である。錬金術から人間機械論にいたる西欧思想の流れは、つねに人造人間の造成を、そのひそかな窮極の夢としていたかのごとくである。むろん、こうした不可能の夢に憑かれていた各時代の学匠たちは、学匠であるがゆえに、民衆から魔術師として畏怖されていたし、彼らのまわりには、多くの場合、真偽の定かでない数々の伝説の雲が張りめぐらされていた。もしかしたら、おろかな民衆には、彼らにとって近寄りがたい万能の大学者を、宇宙と人間のもっとも深い秘密をつかんだ者として、好んで人造人間の制作者と見なしたがる傾向があったのかもしれない。要するに、畏怖と憧憬の両極反応を呼び起す人形愛の形而上学は、少なくとも産業革命以前の民衆の心には、遍在していたということができるのである。

十九世紀初頭の作家ホフマンの短篇『砂男』に登場する、魂のない自動人形オリンピア(バレエではコッペリア)は、この古い魔術的な人形愛の伝統と、コントの「実証的段階」にふさわしい、魔術から遠ざかった純粋メカニズムの流れとの、ほぼ中間に位置していると考えて差支えあるまい。現代の私たちは、オートマティズムをもっぱら科学に従属させ、もはや人間の必要、人間の安楽のためにしか、これを利用しようとは思わないのである。十八世紀のヴォーカンソンが数々のメカニズム人形を造って大成功を博したような、「形而上学的段階」における機械崇拝の思想も、すでに崩壊してしまった。大工場では、役に立つものだけが製造され、分別のある大人は、玩具などという、古い無益な形而上学の尻っぽをぶらさげたものには、見向きもしないようになってしまった。さらに最近の情報理論の発展とともに、かつて一個のミクロコスモスを意味したオートマトン（自動人形）という言葉は、卑しい人工頭脳、電子計算機の同義語になってしまった。

現代では、玩具や人形は、完全に子供だけの占有物となってしまったらしい。そして人形愛の形而上学もまた、久しい以前から失われてしまっているように見える。リモート・コントロールによって操作されるロボットや怪獣の人形は、すでに純血を失って、堕落したすがたを私たちの目にさらしている。

＊

神聖や恐怖の感情がもはや有効性を失っている現代においては、人形の純血種を保証するものは、私には、エロティシズムのみではないかとさえ思われる。ベルメールの人形が、この間の事情を何よりも雄弁に語っているだろう。早くも十九世紀において、このことを予感していたと思われるのはロマン派の詩人たち、ホフマンや、ポーや、ボードレールや、リラダンたちであった。彼らは古いピュグマリオン伝説、実物の女よりもエロティックな人工美女の伝説を、近代の光のもとに復活させたのである。

サルトルの痛烈な批判以来、ボードレールの反自然主義、冷感性崇拝、人工性讃美の思想は赤裸々に暴露されたかの観があるが、もちろん、私にいわせれば、これらは詩人のかけがえのない美質でこそあれ、欠点では少しもないのである。サルトルは詩人のオナニスト的、屍体愛好者的性格をあげているけれども、私はさらに、これにピグマリオニズムをつけ加えてもよいと思っている。

実際、ボードレール的な見地に立てば、ダンディーは女優と娼婦をしか愛さないのであって、これらがいずれも、極端に反自然的な女であることは明らかであり、この女における反自然主義の行きつくところに、人形愛のエロティシズムが生じたとしても何ら不思議はないからである。ボードレールに『玩具のモラル』というエッセーがあるのも偶然ではなかろう。玩具も人形も、まさに自然の世界と対立する人工的世界、ボードレールの語彙を用いれば人工楽園の産物なのだ。サルトルによれば、「サン・シモンから十九世紀全体をつらぬいてマラルメ、ユイスマンスにいたる反自然主義の大潮流には、十九世紀の産業革命と機械主義の出現が大きく作用しており、ボードレールは、この潮流に押し流された」のである。

リラダンの『未来のイヴ』においては、この反自然主義の傾向がいっそう決定的になる。

とにもかくにもボードレールにおいては、まだ自然と人工という二つの極のあいだを、詩人の感性が揺れ動いているのが認められたのに、リラダンにおいては、この二つの世界をむすぶ橋が完全に断ち切られるのだ。すなわち、ミス・アリシア・クラリーがそのシンボルである卑俗な現実世界と、自動人形アダリーが代表しているような、無から造成された人工世界とのあいだには、一切の連絡が途絶えるのである。現実の女アリシアは、「勝利のウェヌス」にも比すべき神々しい肉体の持主であるにもかかわらず、その肉体が覆いかくしている魂は、もっとも低俗な物質主義に毒されている。一方、人工美女アダリーは、アリシアの外観を完全に模した人形であって、人形であればこそ魂はないのである。いったい、この二つのうちのどちらを選ぶべきか。

このジレンマを前にしたとき、不可能の恋に悩む青年エワルド卿は、人形の制作者であるエディソンから、次のごとき訓戒をあたえられる。すなわち、「貴君にとって、あの女(アリシア)の真の人格は、あの女の美しさの輝きが貴君の全存在中に目ざました《幻影》にほかなりません。この《影》だけを貴君は愛しておられる。この《影》のために死のうとなさる。貴君が絶対に現実的なものと認めておられるのは、この《影》だけなのです!結局、貴君が呼びかけたり、眺めたり、あの女のうちに創造したりしておられるものは、貴君の精神が対象化された幻ですし、またあの女のうちに、複写された貴君の魂でしかないのです。そう、これが貴君の恋愛なのですな。」

このエディソンの説く性愛上の極端な主観主義、極端なイリュージョニズムは、ミシェル・カルージュが奇書『独身者の機械』で綿密に分析してみせたように、やがては近代的ナルシシズムに特有な「独身者の機械」、すなわち快楽と苦痛のオナニー・マシンに帰着すべきものであろう。ダダイストやシュルレアリストの多くが、人体模型やマネキン人形に異常な執着ぶりを見せたのも、人形愛の形而上学の最後の燃焼ともいうべき不毛なエロティシズムを、そこに敏感に感じとったからにほかなるまい。不毛なエロティシズム、――しかし、それはダイダロスのような、ピュグマリオンのような、昔ながらの工匠あるいは芸術家の比喩だったのである。

＊

さて、最後に、人形の主題をめぐる気ままな話をして、このエッセーを締めくくりたいと思う。

東洋と西洋との比較を、精神文化と科学文明との単純な対立によって捉える見方は、もちろん、今日では時代遅れの短見でもあろうが、時計、人形、噴水などといった、いわゆる技術文化の歴史に登場してくる遊戯的な機械類が、ヨーロッパにおいては、すでに十三世紀ごろから全土の主要都市に広まっているという事実に目をとめると、やはり彼我の相違が大きく感じられずにはいられない。実際、ヨーロッパのめぼしい中世都市には、ほとんど必ず広場に噴水があって、ほとんど必ず市庁舎の塔に時計が付属していて、ほとんど必ず寺院の屋根の上に人形がいるのを眺めることができるのである。これは、はっきり目に見えるものだけに、それだけ印象が強いということもあるだろう。

ヨーロッパ中世におけるもっともポピュラーな自動人形は何かといえば、それは多く寺院の塔に付属している、時計の鐘を打つ金属製の人形「ジャックマール」であり、鐘の紐をひっぱる砂時計を握った骸骨であり、また鐘の音とともに行列する小さな人形である。ルネサンスやバロック期の祝祭における大がかりな機械仕掛けや、庭園における豪華な装飾を生み出す起源となったのは、このような中世の寺院における、ささやかなメカニズムであったにちがいなかろう。

前にも述べたように、ジャックマールが西欧の主要な都市の教会にすがたを現わすようになったのは、スコラ哲学のもっとも栄えた、中世文化の完成期ともいうべき十三世紀である。時計塔に現われたジャックマールも、最初はごく素朴なすがたをしていたらしいが、時とともに、次第に複雑化、装飾化していった。おもしろいのは、寺院の塔を仰ぎ見る市民たちが、ひとりぼっちで塔の上に立っているジャックマールを気の毒がって、これに仲間をつくってやろうと考えたということだ。たとえば、名高いディジョンのノートルダム寺院のジャックマールは、こうして市民から三人の家族をつくってもらったのである。

まず一六五〇年、それまで独身だったジャックマールに妻があたえられた。妻の名はジャックリーヌという。次に一七一五年、市民の努力によって、ジャックリノという名前の息子が誕生した。最後に一八八五年、ジャックリネットという名前の娘がつくられて、とうとう家族は四人になった。

ディジョンのジャックマールが市民にいかに愛されていたかということは、たとえば次のようなブルゴーニュ地方の民謡によっても知ることができるだろう。

ジャックマールは何事にも驚かない
冬の寒さも秋の寒さも
夏の暑さも春の暑さも
彼に不平をいわせることはできない

ジャックマールをもふくめた時計人形の流行は、ヨーロッパはもとより、遠くペルシアにまでおよんだと伝えられるが、そもそもアレクサンドレイアのヘロンを始祖とする水力応用の自動人形は、オリエントが本場だったとも考えられる。ヘロンの技術的遺産を最初に受け継いだのはアラビア人であり、アラビア人の技術的手腕は、ヨーロッパ人を驚かすような数々の自動人形を制作することを得さしめたのである。時計の歴史の本を見れば必ず引用されているが、九世紀の初め、『アラビアン・ナイト』で名高いアッバス朝のハルン・アル・ラシッドが、カルル大帝の戴冠式の際に贈ったという水時計には、十二時になると、十二人の騎士が十二の窓から出てくる仕掛けや、象の口から十二個の球が吐き出される仕掛けがあって、ヨーロッパ人を仰天させたという。

アラビアの自動人形は、かように水力学のメカニズムを利用して、いろんな驚くべき仕掛けをつくっていたから、『アラビアン・ナイト』の物語に出てくる庭園に、人工の鳥だの人形だのが現われたとしても、べつだん不思議はないのである。バグダッドのカリフは客人を、首都の北西百二十キロ、ティグリス河畔にあるサマッラの町へ連れて行って、ここで奇蹟の庭を見物させたという。庭では、機械仕掛けの鳥が十何羽、棗椰子《なつめやし》の樹蔭にかくれて、ぴよぴよ鳴いたり、翼をばたばた動かしたりしているのだった。

ほとんど同じ時期に、アラビア人は水力学応用の自動人形をスペインの土地にも伝えたらしい。十二世紀、アル・モハーデス朝の君主アブー・ユースフル・マンスールは、その宮殿のまわりに不思議の庭を造営しているし、その大臣アグダル・シャハンシャーは、香ばしい並木道を歩くことのできる人工の少女のコレクションが自慢だったという。シチリア王がアラビア人の技師をパレルモに呼び寄せて、自動人形庭園をつくらせようとしたのも、同じく十二世紀のことであった。

このパレルモの庭園を訪れて、アルトワ伯ロベール二世は、あの名高いブルゴーニュ公の別荘であるエダンの城を造営する気になったのだという。アラビアからスペインへ、スペインからシチリア島へ、そしてシチリア島からフランドルへという具合に、水力応用の自動人形は伝播したのである。ジャックマールがフランドルで流行し出したのも、ちょうど同じころからであった。一二九五年、シチリア島からフランスへ帰ると、ロベール二世はさっそく、エダンの城の造営にのり出したらしい。

エダンの城に関する記述は、ホイジンガの『中世の秋』にも少しばかり出ているから、あるいは御存じの方があるかもしれない。それは珍奇な美術品の宝庫であると同時に、はなやかな宮廷文化を誇ったブルゴーニュ公の別荘でもあって、いろんな自動人形や、驚愕噴水や、各種の機械仕掛けの娯楽設備が揃っており、長いあいだ王侯貴族の遊び場となっていたところである。いわば中世の秋に花咲いた、美術館であると同時に一大歓楽場であったと思えば間違いなかろう。庭には大きな鳥籠があって、なかには人工の鳥のほかに、四人の楽士が楽器を奏しているところや、騎士が弓をふりあげているところが眺められた。

もちろん、楽士も騎士も自動人形である。

歩廊には、各種のいたずら機械が揃っていた。ホイジンガによれば、画家メルキオール・ブルーデラムは、ここで「客に水を浴びせかけたり埃だらけにしたりする、妙な機械仕掛けを修理彩色した」という。バロック期にいたって大いに流行した、いわゆる驚愕噴水の走りであろう。こんなもので子供のように楽しんでいた中世の王侯貴族は、いまから考えれば、まことに無邪気なものだということができよう。

「ジャン・コクトーは映画『美女と野獣』のシナリオを書いているとき、エダンの城の美しいコレクションを思い浮かべたのではなかったろうか」と書いているのは、前にも引用した『自動人形』の著者プラストーである。

玩具や人形を楽しむすべを知らない現代人よりも、これらを最大限に楽しむことを知っていた中世やルネサンス時代の人間の方が、はるかに幸福であったにちがいない、と考えたくなるのは私ばかりではあるまい。

寺院の塔のジャックマール一つにしても、中世人は、私たちがつとに忘れてしまった人形愛の精神をもって、これを眺めていたはずなのである。

アリスあるいはナルシシストの心のレンズ

「少女とは人間の中でもっとも（あからさまに）性的でない存在であり、性をいちばん安全な場所にしまっている存在であるが、一切の性的なるものを、そのような少女のなかに封じこめてしまいたいという願望こそ、ドジソンが少女に惹かれる大きな動機をなしていた」と書いているのは英国の批評家ウィリアム・エンプソン（「牧童としての子供」高橋康也訳）である。

私は、『アリス』の作者たる偏窟な独身者ルイス・キャロル氏の精神の秘密を白日のもとに暴き出した、これ以上に的確な評言を知らない。私もまた、エンプソンと同様、かねがね『アリス』のなかに、もっとも性的なものともっとも純潔なものとの秘密の共存を愛してきた者のひとりだからである。

アリスとは、独身者の願望から生まれた美しいモンスターの一種であろう。その点で、アリスという少女は、ウンディーネやメリュジーヌのような妖精的、自然的な女（ユングのいわゆる危険な「アニマ」）の系譜に属するものというよりも、むしろ明らかにリラダンの創造したような、人工美女の系譜につながるものであろうと思う。

エンプソンはさらに書いている、「ドジソンは、ある意味では自分を少女（性的な安全性をもった）になぞらえ、ある意味では少女の父（性的なものを包含しつくすことによって少女が父となる）になぞらえ、ある意味では少女の愛人（つまり少女は母であることになる）になぞらえている」と。

これとまったく同じ意味をもった男性の心のメカニズムを、私はかつて、たわむれに「デカルト・コンプレックス」と名づけたことがある。十七世紀の大哲学者デカルトが、その娘の死をふかく悲しんで、精巧な一個の自動人形をつくらせ、これを「わが娘フランシーヌ」と呼んで愛撫し、箱におさめて、どこへ行くにも一緒に連れて行ったという伝説から思いついた命名である。

もっとも、このような人形愛を語る場合、父親は必ずしも現実に父親である要はない。死んだにせよデカルトには娘がいたが、ドジソンには最初から娘はいなかった。むしろ現実に父親たることを好まない、狂気じみた一種の幼児退行者的ナルシシストが、みずから現実の父親たる立場を拒否しながら、架空の父親に自己を擬するメカニズムを、私は「デカルト・コンプレックス」と呼びたいのである。

『アリス』論の最後に、エンプソンがポーの名前を出しているのは暗示的である。精神のタイプとして、私がドジソンにもっとも近いと思うのは、やはりエドガー・ポーとフランツ・カフカだからだ。むろん、ポーの破滅的な生き方と、ドジソンの几帳面ぶりとはまるで違う。しかし女に対する態度に、私は共通のものを見る。ポーは独身者ではないけれども、処女妻ヴァージニアを失っているし、もとより子供はない。ボードレールにもノヴァーリスにもプルーストにもカフカにも、いずれも子供がなかったということは、人間の文化創造ということを考える上で、かなり重大なことだと私は思うが、どんなものだろうか。

童話の女主人公はすべてそうであるが、アリスもまた、性に関する意識と無意識の中間の領域をさまよっている。アリスの幼年時代は終ろうとしている。おそらく、こうした危機感があればこそ、それだけアリスの少女らしい無邪気さは強調されるのだろう。いや、単にこれを無邪気さというだけでは足りない。時にアリスは小さな貴婦人のように、妙に大人っぽい分別を示したり、おしゃまなところを見せたりするが、それがまた彼女の魅力の大きな部分を占めているのだ。

ある面から見れば、作者たるドジソン自身の投影にほかならないのだから、アリスが頭のよい、誇り高い、知性と独立心のある少女であるのは当然でもあろう。

ここで、どうしても私が思い出さざるを得ないのは、もうひとりの二十世紀の少女崇拝者たる人形師ハンス・ベルメールである。「衣服などというものは捨ててしまえたらどんなにいいだろう。子供の裸体はじつに美しい」と手紙に書く数学教授ドジソン、少女の裸体写真を撮ることを最高の道楽としていた英国国教牧師ドジソンが、もしベルメールの可憐な少女人形を眺めたら、どんなに狂喜するかは想像するにあまりあろう。

写真道楽といえば、こうしたメカニズム愛好にも、どうやら私には性的な匂いがするような気がしてならない。要するにアリスは、ひとりの孤独な男の心のレンズに、逆さまに映った少女のイメージだったのだろう。

犠牲と変身――ストリップ・ティーズの哲学

私は前に、アンドレ・マルローの名著『ゴヤ論』を参考にしながら、プラド美術館の名高いゴヤの「裸体のマハ」の図が示している、いわば脱衣のエロティシズムとでもいったものについて私見を述べたことがある。

マルローの意見によれば、「裸体のマハ」は「着衣のマハ」と切っても切れない関係にあるものであって、ヴェネツィア派の裸婦などとはまったく性質を異にしている。つまり、ヴェネツィア派の裸婦が最初から衣服をはねつけているのに対して、この裸体のマハは、いままで着ていた衣裳をかなぐり棄てたばかりの状態なのであり、だからこそ、その肉体がひときわ挑発的にエロティックなのだ、というのである。

私は、このマルローの卓抜な意見に、目のさめるような思いをするとともに、「着衣のマハ」と「裸体のマハ」とを二つ並べて提示したゴヤの非凡な着想に、あらためて讃嘆の念を禁じ得なかったものである。と同時に、このエロティシズムにおける着衣と脱衣の弁証法こそ、ゴヤの芸術を解く一つの重要な鍵になるものではあるまいか、と考えた。というのは、脱衣のエロティシズムということから、私はただちにジョルジュ・バタイユの言葉、性愛の行為と犠牲とを比較した言葉を思い出していたからである。

バタイユによれば、衣服を剝ぎとるということは、二つの個体のあいだの交流のために道をひらく、エロティシズムの遂行における「決定的な行動」なのだ。すなわち、「裸にするということは、それが十全の意味をもつ文明の見地から眺めるならば、殺人の代用物とはいわぬまでも、少なくとも危険性の少ない殺人の等価物なのである。古代においては、エロティシズムの基礎となる剝奪（あるいは破壊）という行為は、かなり目立っていたので、性愛の行為と犠牲との類似は容易に証明することができるほどであった。」（『エロティシズム』）

もちろん、エロティシズムの遂行においては、女性パートナーが犠牲者の役割を演じ、男性パートナーが犠牲執行者の役割を演ずるわけである。女性パートナーを裸体にすることによって、正常な状態における閉ざされた人間関係の秩序が乱れ、男と女のあいだに交流の状態が生じることになる。これがエロティックな欲望の状態である。

ゴヤの裸体のマハは、べつに男性パートナーによって衣服を剝奪されたというわけではなく、おそらく自分で脱衣したものであろう。その点では、ストリップ・ティーズの演技者の場合と同様である。しかし男性の目にさらされながら脱衣するということは、エロティシズムの文脈においては、衣服を剝奪されることと本質的にほとんど変わらないだろう。この場合、男性の視線は明らかにサディスティックであり、私はそこに、ゴヤの芸術の重要な要素とつながるものを見たと思ったのである。

私がここでいいたいのは、しかしゴヤの芸術に関してではなく、バタイユの文章にあるような、性愛の行為と犠牲との類似ということに関してである。ゴヤの問題を離れて、もっぱらストリップ・ティーズの問題に焦点をしぼろう。

ストリップの演技者が自分で衣服を脱ぐ場合も、あるいは他者に脱がされる場合も、本質的には変わりがないと私は書いたが、これについてはおもしろい例がある。アラン・ロブ゠グリエの小説『快楽の館』のなかに、香港のいかがわしい社交クラブで演じられるストリップ・ティーズの場面が出てくるが、このストリップの演技者は日本人の少女で、彼女は犬に衣服を剝ぎとられるのである。その一部を次に引用してみよう。

「そのために特別の訓練を受けた犬が、囚われの娘を完全に裸にしなければならないのだ。侍女が、綱を握っていない方の手で指示すると、犬は襞のあるスカートに狙いをさだめ、その牙で衣服を引き裂き、最後の絹の三角形しか残らなくなるまで、衣服をずたずたにして剝ぎとってしまうわけだが、しかし肌は傷つけない。」

「プロジェクターのライトは、束をなして犬の頭に集中し、犬が仕事にとりかかっている部分――腰や肩や胸の部分――をとくに明るく照らし出す。侍女は綱をひっぱるようにして犬を操り、ストリップのとりわけ装飾的な段階――つまり新しい表面が視線にさらされたり、衣服の布地がうまく偶然に引き裂かれたりするような――に達したと判断するたびごとに、編み革の綱をひっぱって、鞭の一撃のような鋭い声で、短く『こっち！』と呼ぶ。すると、犬は残念そうに、うしろに引き下がって暗闇のなかに没する。そのあいだ、囚われの娘に当てられていたライトは大きく広がり、彼女はこのとき観客に向けていた身体の側を、顔から背中まで、その全体において鑑賞に供するというわけだ。」

「視線の文学」といわれているように、ロブ＝グリエの描写は即物的で正確であり、私たちはあたかもストリップの観客のように、サディスティックな眼ざしとともに、少女の衣服剝奪のシーンに立ち会わされることになる。少女はこの場合、明らかに犠牲者の役割を演じているが、一方、犠牲執行者の役割を演ずるのは、特定の男性パートナーではなく、人間でさえないのである。つまり犬なのだ。この犬は、むしろ不特定多数の男性の観客を代表している、非人称の存在だと考えた方がよいだろう。ストリップ・ティーズにおいては、たとえ演技する女がひとりで脱衣するとしても、男性の観客を代表するこの非人称の存在に、じつは衣服を剝奪されているという場合が多いのである。というよりも、演技する女はひとりで犠牲者と犠牲執行者の役割を兼ねているのだ、というべきかもしれない。

一九三四年生まれだから当年三十九歳、前衛劇や映画にも出演して批評家の絶讃を博している、インテリ・ストリッパーとして名高いフランスのリタ・ルノワールが、次のように述べているのは興味ぶかい。

「ストリップとは、何よりもまず一つの儀式であり、観念によって肉の交流を実現することを目的とした、一つの儀式なのです。脱衣する女は、犠牲執行者であるとともに犠牲者であり、誰の手にも委ねられていると同時に、また誰も手を触れることのできない存在なのです。」(『ストリップ・ティーズの歴史と社会学』より)

さすがにインテリ・ストリッパーのことだけあって、リタ・ルノワールの意見は、期せずして私の意見と一致しているようだ。たぶん、彼女はバタイユなども読んでいるのにちがいない。

ただ、ストリップが一種の儀式であり、ストリップの演技において性愛と犠牲とのアナロジーが実現されるという、彼女の意見が真実であるとしても、両者のあいだに横たわる重大な違いは、これを正しく認めておくべきだろうと思う。それは何かといえば、ストリップにおいては、性的欲望も犠牲も最後まで貫徹されず、中途で挫折するということである。観念はついに肉の交流を実現しないのである。今日の日本各地に見られるような、いわゆる「特出し」というストリップが邪道であって、本来のストリップが、完全な裸体を見せるかと思われる一瞬、ぱっと舞台のライトを消して、演技者の姿を闇のなかに没せしめてしまうといったような形式のものであることは、わざわざお断わりするまでもあるまい。正統的なストリップは、そうした意味で、永遠に目的に到達し得ないエロティシズムの絶望的な性格を、忠実になぞっているのである。

ストリップ・ティーズの「ティーズ」とは、「悩ます、じらす」といったほどの意味であるが、たしかに、ある面から見れば、ストリップは欲求不満の状態をつくり出す見世物である、といえるかもしれない。もっとも、そういう面から眺めれば、映画やヌード写真をもふくめた、あらゆる視覚的なエロティシズムの媒体が、大衆のフラストレーションの根源であるといえなくもなかろう。

この人間の性的刺激を伝達する感覚のなかでも、圧倒的に優勢な地位を占める視覚の働きというものが、ストリップの魅力を成立せしめる基盤であるということに関しては、誰しも疑う余地があるまい。

「ストリップ劇場が急増し、性的抑圧も抑圧からの解放も、ともに商品化された」とロー・デュカが述べている、「ストリップ・ティーズは、いわば窃視症にかかった現代社会の象徴であって、漠然たる刹那的刺激と、単なる瞼の運動にまで退化した視線とをもって、実際の行為の代行をしようとするものである」(『エロティシズムの歴史』)と。

現代社会の風俗やマス・コミュニケーションが、印刷術や写真術の発達に伴って、ますます視覚の働き、イメージの必要性を強く意識しはじめてきたことは、すでに多くの論者によって指摘されているところである。見る欲望、眼のエロティックは、すでに現代社会で、ある程度まで公認された欲望とさえなっている。ストリップは、こうした窃視症的な現代社会に咲いた、不毛な徒花のようなものだといえばいえるかもしれない。

私は前に、エロティシズムにおける着衣と脱衣の弁証法ということを述べたが、この逆説的な関係は、ストリップにおける性的抑圧と抑圧からの解放についても、同じように成立するはずのものだと思う。いかに劇場内におけるストリップの露出度がエスカレートしたとしても、それが性的抑圧からの解放を少しも意味しないことは、ちょうど脱衣のエロティシズムが、着衣のそれによって緊密に保証されていることにひとしいのである。最初から衣服をつけていないヴェネツィア派のヴィーナスよりも、衣服を脱いだばかりの「裸体のマハ」の方がエロティックなのである。同様の理由によって、ヌーディスト・キャンプでは、おそらくストリップ劇場は興行として成立しないにちがいない。裸体が正常のものではなく、あくまで変則的なものである限りにおいて、ストリップの魅力は保証されているのだ。とすれば、ストリップの露出度の高まることが、性的抑圧からの解放などと直接的に何の関係もないことは明瞭であろう。むしろ露出度の高まりは、ストリップの危機を招くものにほかなるまい。

衣服をつけている女は、まさしく日常的世界の女であるが、男の視線にさらされながら、音楽の伴奏に合わせて、悩ましげな姿態を繰り返しつつ、一枚一枚、少しずつ衣服を脱いでゆく女は、すでに個人としての女ではなく、単なる肉体としての女に移り変わろうとしているのである。これが前に述べた、日常的な状態からエロティックな欲望の状態への移行であり、女を眺めている観客の立場からすれば、これが女を単なる肉体として存在させようとする、一つのサディスティックな試みということになるのである。このサディスティックな視線の欲望は、少なくとも意識的にストリップを楽しもうとする、男の観客ひとりひとりの心の奥に、ほぼ確実に存在するものではないかと私には思われる。

だから、観客の欲望を一身に集めた、この女の肉体の熱っぽいメタモルフォーシス（変身）の時間を適度に長びかせるのが、エロティックなパントマイムを演ずるストリッパーの技術なのであって、その変身の時間は、短すぎてもいけないし、また長すぎてもいけないのだ。昆虫の変身のように、この女の変身もたえず神秘な期待をいだかせなければならない。期待が先へ先へと延ばされるにつれて、神秘も肉体の奥へ奥へと後退する。しかも、期待は期待のままで終わらせなければならないし、神秘は神秘のままで、余韻を残して中断させなければならないのである。それには、完全な裸体を惜しげもなく見せることは慎しむべきだろう。「最後の絹の三角形」が、ライトの消えた闇のなかで、観客の瞼の裏に残像として焼きつくようでなければならないのだ。

窃視症にかかった現代社会の徒花とは、ともすると、この闇に浮かぶ神秘な三角形の残像のことかもしれないのである。

最後に私が指摘しておきたいと思うのは、ストリップを演技する女が、あらゆる舞台芸術の出演者と異って、見えない厚い壁に囲まれた、濃密な孤独の空間に押しこめられているということだ。ミュージック・ホールの舞台で揃って脚を上げるライン・ダンスの踊り子とは、その点で、ストリッパーは完全に対照的なのである。

スポット・ライトに照らされた舞台の上のストリッパーは、むしろ繭のなかの昆虫に似ているような気がする。孤独のなかで、苦しげに、歓ばしげに、彼女は変身しようと身をもがくのである。それは言葉を変えれば、犠牲者と犠牲執行者とに分裂した、彼女自身の存在の二重性のせめぎ合いということかもしれない。

東西春画考

世界に冠たる日本の浮世絵のエロティシズムに匹敵するような、ヨーロッパのエロティック美術の典型的な傑作をさがすとなると、私たちは、はたと当惑せざるを得ない。様式の相違もさることながら、少なくともキリスト教以後のヨーロッパ美術では、おしなべてエロティシズムなるものは、それが要請する形而上学（悪魔崇拝《サタニズム》の形而上学）と切っても切れない関係にあり、この関係が、神と原罪のない国であるところの日本の浮世絵のエロティシズムとは、おそらくまったく違ったニュアンスを醸成する根本原因となっている、と考えられるからである。

最初から野暮な理窟をいうようで恐縮であるが、たしかに日本の伝統には、絶対者としての神の観念もないし、また原罪の観念もないのである。ところで西洋人にとっては、あの中世のトリスタン伝説以来、禁を破るということが快楽の条件であり、ヨーロッパのエロティシズムには、反宗教としての悪魔崇拝が緊密にむすびついていた。たとえば十九世紀末の春画作者としてもっとも名高いベルギーのフェリシアン・ロップス、オーストリアのフランツ・フォン・バイロス、英国のオーブリ・ビアズレーなどといった画家の作品を眺めてみるがよい。

この三人は、むしろ幕末の大蘇芳年などと同時代を生きた画家であるが、いずれの画家の作風にも、何か神経症的とでも呼びたいような、暗い傾向がはっきり認められるのだ。それは罪と苦悩の影といってもよかろうし、サド＝マゾヒスティックな趣向といってもよろしかろう。むろん、これは彼ら三人の特異な芸術家の個人的な資質のためもあろうが、それればかりではなく、文学その他の芸術をもふくめて、そもそもヨーロッパのエロティシズムの本質が、そのような傾向に走りやすい要素をもっているのだ、と考えて差支えあるまい。

アーサー・シモンズはビアズレーの芸術について、「ここにこそ私たちは、美しい形で現われた一種の抽象的な精神の腐敗、つまり、美によって変形された罪を見るのである。ここにこそ、強烈に精神的な一つの芸術、悪がその強烈さによって、悪を変形する美によって、みずからを純化するところの一つの芸術があるのだ」と語っているが、このような悪と美の弁証法、悪魔崇拝の形而上学は、あの日本の初期および黄金時代の浮世絵の自由奔放な明るさにみちみちた世界においては、まったく無縁のものといわざるを得ない。わずかに末期デカダンス時代の嗜虐的な諸作品に、そうした方向への萌芽が認められるという程度であろう。

周知のように、『サロメ』に代表されるビアズレーの芸術は悪魔的であり、倒錯的であって、そういう要素を抜きにしたら、その作品世界のエロティシズムは成り立たないのである。『リューシストラテー』の異教的題材を扱っても、その事情は変らない。このことは、黒ミサ風の祭儀的なエロティシズムを好んで描く、フェリシアン・ロップスについてもいえるだろうし、ルイ王朝風の貴婦人の閨房におけるサディズムやレスビアニズムを偏愛する、フランツ・フォン・バイロスについても当てはまる。バイロスの春画には、ローマ趣味や支那趣味のエキゾティシズムも現われているが、やはりそこに濃厚な倒錯の味がただよっていることに変りはない。

おもしろい例をあげよう。――フランス十八世紀のロココ時代の春画によく描かれているが、貴婦人が男とたわむれている部屋の物陰に、男根を直立させた小さな悪魔がひそんでいて、彼らの秘戯をこっそり眺めているという図がある。いわゆる豆右衛門の趣向であるが、日本の春画のそれのような無邪気さはない。あるいはまた、懺悔聴聞僧が貴婦人の告白を聞きながら、ひそかにマスターベーションにふけっているという図や、犯した罪の懲戒のために、坊主が若い修道尼の露出した臀を鞭打っているという図がある。宗教と性的倒錯との関係を、これほど明瞭に示しているものはあるまい。日本の春画にも坊主や尼僧は出てくるが、彼らに宗教的タブーを犯しているという意識があるようには、あまり感じられない。こんなところにも、日本とヨーロッパのあいだのエロティシズムの観念の相違は、かなり際立って読みとれるのではあるまいか。

現代でも、たとえばクロヴィス・トルイユ（この画家は広告用のマネキン人形製作者でもある）のような異色の画家が、宗教に対する冒瀆を主題としたエロティックな絵をよく描いている。頭巾をかぶった二人の若い尼僧が、法衣をまくり上げ、太股をあらわにして靴下を直しており、そのかたわらに、ペニスの形をした蠟燭が立っている。あるいはまた、教会の告解所の前に、張り切ったお臀を突き出した、ミニスカート姿の現代風の娘がひざまずいている。そのほか、黒ミサや吸血鬼や墓場などを描いた、ネクロ＝サディズム的な倒錯を主題とした絵もあって、エロティシズムとはいっても、やはりデカダンな暗い感じは否定すべくもない。

もう一つ、ヨーロッパにおいては、このエロティシズムが、社会諷刺と現実暴露の機能をはたすということがあった。これも忘れてはならない特徴であるとともに、日本の浮世絵師の現実肯定的な大らかさとは、あまり縁のない態度であろう。エドゥアルド・フックスが古代から近代までのエロティックなカリカチュアの膨大なコレクションを発表したのも、そういう機能を信じてのことだったと思われる。イギリス十八世紀のホガースやトマス・ロウランドソンのような諷刺画家が、早くから風俗研究の一環としてエロティックな絵を描いているが、こうした傾向は、二十世紀初頭のドイツ表現派に属するオットー・ミュラー、ゲオルゲ・グロッスなどに受け継がれているようだ。

この現実暴露ないし社会諷刺をもくろむ画家たちと、前に私が述べた「悪の美」を描く画家たちとを、軽々しく混同してはなるまい。現代でも、シュルレアリスムの系譜につながるレオノール・フィニー、ハンス・ベルメール、スワンベルクなどの画家は、どちらかといえば後者に属する純粋芸術派と称してよいだろう。先に述べたクロヴィス・トルイユも、もちろん同じ系列に属する。そして、この派の大先輩として、とくに私があげておきたいと思うのは、ブレイクに影響をあたえたといわれる十八世紀のスイスの画家ハインリヒ・フュスリの名前である。彼が鉛筆と水彩で描いた春画を、私はクロンハウゼン主宰のエロティック・アート展の二冊本の画集ではじめて見たが、それらは、いかにもフュスリらしい夢魔的な雰囲気にみちた、しかも優雅な女たちの痴態であった。

過日、斯界の権威である渋井清氏のお宅へ伺って、貴重な浮世絵秘画の数々を見せていただいたとき、私がもっとも心を動かされたのが、歌麿の代表作ともいうべきシリーズ

「歌枕」のなかの、全身毛むくじゃらの大男に犯されようとしている、島田髷の若い娘の抵抗の図であったのは、これもまた、私が長いことヨーロッパ風のエロティシズムの観念に親しんできた（あるいは毒されたというべきか）人間であるためだろうか。

この絵のなかで、眉を吊りあげ、きかぬ気らしい顔をして、大男の腕に嚙みついている若い娘の下半身は、大男にひんむかれて、すっかり露出しているが、そのヴィナスの丘は、まだ少女らしく固い蕾のようで、恥毛さえ生えてはいないのである。しかも、そのヴィナスの丘の下方に、あたかも印刷記号のアステリスク（星じるし）を思わせる、糸でくくったような、可愛らしいアヌスの形が描きこまれているのを発見して、私はなんだかひどく嬉しくなった。

「枕絵に女の肛門を描かざるは、西川祐信よりこの方なりと、山岡明阿の話なり」と蜀山人の『俗耳鼓吹』にあるそうだが、歌麿はたしかに肛門を描いているのである。

同席していた野坂昭如氏を顧みて、「このアヌス、じつに可愛らしいね」と私が小声でささやくと、いかにも感に耐えずといった風に、野坂氏も、「うん」と答えてくれたのであった。

セーラー服と四畳半

サド裁判の被告になって以来、「ワイセツとは何か」といったような質問に、私は何十回となく回答を要求されて、いい加減うんざりしてしまった。べつにワイセツの専門家でもなく、朝から晩までワイセツのことばかり考えているわけでもないのに、ジャーナリストは情容赦もなく、私に千篇一律の質問を浴びせかけてくるのである。

本当のことをいってしまえば、ワイセツとは大へん結構なものであって、これがなければ、人類はとっくの昔にほろびていたのではないかと思われる。なるほど、犬や猫の世界にはワイセツはない。人類だけが、性的欲望を洗練させて、エロティシズムの世界を確立したのである。

それでは、エロティシズムとワイセツとはどう違うのか。これは簡単なことで、いわゆる良風美俗に反するような、強烈なエロティシズムを便宜上、社会がワイセツと呼んで卑しめているだけのことである。

今日のように、良風美俗の規準がはっきりしない社会では、ワイセツの規準も曖昧にならざるを得ない。いや、そんなことよりも、いわゆる良風美俗を敵としなければならない私たち文学者にとっては、時と場合によっては、ワイセツと手をむすぶことが必要とされるのである。それだけのことである。

それはともかく、現在の私にとって非常に気がかりなのは、いまの若いひとたちが、はたしてワイセツというものを理解しているのだろうか、ということである。

先日も、野坂昭如氏と対談した折に、そのことが話題になったのだけれども、たとえばいまの若いひとたちが、私たちと同じような中年の年齢に達した時に、彼らははたして、女学生のセーラー服にワイセツ感をおぼえるだろうか。

もし彼らが中年になっても、女学生のセーラー服に少しもワイセツ感をそそられないとすれば、これは重大問題である。そうなったら、文化財保護委員会みたいなものをつくって、とくにワイセツと認定されたものを、保存育成しなければならなくなるであろう。

あたかも私たちが美術館で、ガラス・ケースのなかの古陶器を眺めて、何とかして美的感動に浸ろうと努めるように、彼らもまた、ガラス・ケースのなかに陳列されたセーラー服や黒い靴下を眺めて、脂汗を流しながら、何とかしてワイセツ感を惹起せしめようと懸命になるであろう。

ところで、問題の『四畳半襖の下張』であるが、これは現在の私にとっては、まことに残念ながら、あまりワイセツなものではなくなってしまっている。少なくともセーラー服よりはワイセツではない。金阜山人の名文にケチをつけるつもりは毛頭ないが、どうも、あんまり正攻法で、あんまり正常すぎるような気がするのである。

最後に袖子が「おつかれ筋なのね」といって、フェラチオをするシーンがあることはあるが、「一きは巧みな舌のはたらきウムと覚えず女の口中にしたたか気をやれば……」などといった描写は、やはり一種のマナリズムで、ワイセツからは遠いような気がする。太平記の道行文を暗誦するように、私はほとんど暗誦できそうな気がする。

というのは、要するに現在では、それだけフェラチオが一般化して、その技術も進んだということなのかもしれない。かつてはフェラチオという行為を筆にするだけで、すでに良風美俗に抵触するような趣きがあったのに、現在では、実生活においても文学作品においても、この行為は頻出するのである。

もっとも、こんな私の文章を金阜山人が読んだら、「やれやれ、いまの若い者は無粋で困る」と慨嘆するかもしれない。

野坂昭如氏は今度の裁判で、「現在の普通人にはたして『四畳半』が読めるか」という点に論争の焦点をしぼるそうであるが、たしかに『四畳半』の冒頭の前がきに出てくる「今年曝書の折……」という言葉ひとつ取ってみても、現在では「曝書」という習慣はまったく行われていないし、字引を引かなければ、若いひとには何のことかさっぱり解らないであろう。さても嘆かわしいことである。

インセスト、わがユートピア

「あなたはどうして子供をつくらないのですか」と質問されたとき、私は笑いながら、次のように答えることにしている。

「かりに私たち夫婦のあいだに、男の子が生まれたと仮定しましょう。そうすると、やがて母親（つまり私の妻）の愛情は、私から離れて、男の子の方に移ってしまいます。エディプス・コンプレックスの原則を持ち出すまでもなく、子供もまた、いつしか父親（つまり私）を疎んじて、母親の側に立つようになるにちがいありません。これは、私には堪えがたいことなのです。また逆に、私たち夫婦のあいだに、女の子が生まれたと仮定しましょう。そうした場合、私はほとんど確実に、妻をほっぽらかして、妻よりも若い娘の方に、自分の愛情が移ってゆくだろうと断言することができます。いや、笑いごとではありません。もし事情が許せば、私は娘と近親相姦の罪を犯すことにもなりかねないのです。これでは妻があまりにも可哀そうではありませんか。私は妻を愛しておりますから、かかる事態は避けたいと考えます。それに、私にしたところで、娘に対して悶々の情をいだきつつ、みすみす知らない若い男に娘を引き渡さねばならない運命に堪えるなんて、真っ平ごめんですね。」

右のような意味のことを、私はせいぜい冗談めかしていうのであるが、じつは決して冗談ではなく、これは私の心の底から発したところの、いわば信仰告白ともいうべき、偽らざる本心の表白なのだ。

かつて私はユートピアについて論じたとき、「ユートピアなるものは、なるべく私たち自身の手の届かない永遠の未来に、突き放しておくべきものであって、安直に手にはいるようなテクノクラシーのユートピアは、真のユートピアとは似て非なるものだ」と述べたことがあるけれども、私にとって、私自身の「娘」とは、まさにこのユートピアにもひとしいものなのである。それは、この世に存在してはならないものなのである。存在するとすれば、日常の秩序から離脱したユートピアにおいてのみであり、このユートピアにおいては、むろん、近親相姦の甘美な夢をいかほど放恣に満足させようとも、何らの障害も起り得ないものであることは申すまでもない。

もっとはっきりいうならば、私にとって、娘という存在は、近親相姦の対象にするためにのみ存在価値を有するものであって、近親相姦の禁じられている現実の世界では、娘をもつことの意味はまったくないのである。娘と近親相姦とはぴったり重なり合う概念であって、げんに娘をもちながら、近親相姦を行わないということは、げんに自動車をもちながら、ガレージにしまいっ放しにしておいて、自分ではまったくこれに乗らないことにひとしいのである。この社会で、自家用車に乗ることが禁じられているというのに、どうして自動車を所有（ないし生産）しようという欲求が起り得ようか。私には理解しがたいことである。

　世間には、それでも私のように徹底したユートピア主義者はきわめて少ないらしく、御苦労さまにも、自分では乗れない自家用車を何台もガレージにしまっておいて、結局、最後には、自動車泥棒に次々に掻っぱらわれるがままになっている父親も多いようである。そもそも父親とは、そういう気の毒な存在なのである。

　考えてみれば、ずいぶんおかしなことではないだろうか。自家用車には乗ってはいけなくて、他人の家の車には乗ってもよい、というのが、この人間社会の一般的な道徳として広く認められているのだから。——

　ここで、さきほど私の提出した「近親相姦＝ユートピア」論というのを、もう少しくわしく説明してみよう。

お断わりしておくが、この「近親相姦＝ユートピア」論は、必ずしも私だけの専売特許というものではない。父と娘のそれとは異るけれども、今世紀のオーストリアの大作家ローベルト・ムジールが、その大長篇小説『特性のない男』の第三部を「愛の千年王国」と題して、そこに兄と妹との近親相姦を美しく描き出したことは、文学好きの読者なら先刻御承知であろう。あらゆる可能性の極北を探索せんとする執拗な意志に憑かれたムジールにとっても、近親相姦の成立する世界は、日常の秩序から解き放たれた、時間の停止した、永遠の憧憬としての一つのユートピアにほかならなかったのである。

近親相姦が一つのユートピアにほかならないということは、このように、これを描いた文学作品を通して眺めてみるならば、私たちにもただちに納得されることである。二、三の例をあげてみよう。

夢野久作の『瓶詰の地獄』を見るがよい。これは、絶海の孤島に漂着した兄妹の相姦であるが、この相姦の行われる舞台が島であるということは暗示的である。トマス・モア以来、古来のユートピアの多くが、外界から隔絶された島として描かれてきたことは、いまさら私が断わるまでもないからだ。

野坂昭如の『骨餓身峠死人葛《ほねがみとうげほとけかずら》』も、一般社会から隔絶された北九州山中の炭坑部落を舞台として展開される、兄妹、父娘、母娘の複雑な相姦を描いているが、これもまた、一つの小さな共同体、一つの島としてのユートピアであろう。

戯曲『熱帯樹』おいて、やはり兄妹の相姦を描いた三島由紀夫は、みずから次のように書いている。

「それはそうと、肉欲にまで高まった兄妹愛というものに、私は昔から、もっとも甘美なものを感じつづけてきた。これはおそらく、子供のころ読んだ千夜一夜譚の、第十一夜と第十二夜において語られる、あの墓穴のなかで快楽を全うした兄と妹の恋人同士の話から受けた感動が、今日なお私の心の中に消えずにいるからにちがいない。」

ガストン・バシュラールの『大地と休息の夢想』を読めば、墓穴や洞窟が子宮のアナロジーであり、保護された隠れ家としてのユートピアであることは、ただちに明らかになるだろう。このことと直接関係はないが、千夜一夜譚には、エロティックな象徴が数限りなく発見されるということも、ついでに書き添えておこう。

ジョン・アプダイクは、ウラジーミル・ナボコフを論じた文章のなかで、「強姦は下層階級の、姦通は中産階級の、近親相姦は貴族階級の性的罪悪である」と述べているが、これもおそらく、その環境から説明されるにちがいない。むろん、彼らが自分たち一族の血を何よりも誇りに思っていたということが、彼らをして、こうした行為に赴かしめる心理学的な原因ではあったろう。しかし地方の貴族のシャトー（城館）こそ、禁じられた快楽を世間の目から隠す、恰好な防壁だったのである。現在でもいえると思うが、十六世紀のイタリアのチェンチ一族の悲劇のごときは、こうした環境があって初めて起り得た悲劇ではあるまいか。同じ時代のローマのボルジア家、リミニのマラテスタ家でも、史家ブルクハルトによれば、近親相姦は頻々と行われていたという。

これと関連して、ロマン主義詩人の過剰な想像力からも、ユートピアとしての近親相姦の観念の胚胎する必然性があるらしいことを、忘れずに指摘しておこう。詩人バイロンとその姉オーガスタ、ワーズワスとその妹ドロシー、シャトーブリアンとその姉リュシール、さらに哲学者ニーチェとその妹エリザベートなどの、兄妹あるいは姉弟の相姦的関係は、天下周知の事実といってよい。そして彼らはいずれも、精神的な貴族だったのである。三島由紀夫が兄妹愛に、もっとも甘美なものを感じたと告白しているのも、決して偶然ではあるまい。

観念的な近親相姦には、こうしてみると、どうやらロマン主義と貴族趣味の匂いが汪溢しているような気がしないだろうか。例の『特性のない男』のムジールについても、あるいはまた、『アレキサンドリア四重奏』のなかに、自殺する作家のパースウォーデンと、その盲目の妹ライザとの、まことに美しい罪の愛のエピソードを描いたローレンス・ダレルについても、このことは確かにいえるような気がするのだ。

＊

私は前に、「近親相姦＝ユートピア」論などと、すこぶる大げさな表現をしてきたけれども、ひるがえって考えるならば、近親相姦なるものは、すべての人類に望ましく思われるものだからこそ、あれほど遠い昔から、あれほどきびしく禁じられていたのではなかったろうか。ロマン主義的な性情の詩人が、とくにこれを純化されたイメージとして捉えるとはいえ、おそらく誰の心にも、多かれ少なかれ、このようなユートピアは萌芽として存在していたにちがいないのである。そうでなければ、近親相姦はあえてタブーとはされなかっただろう。私たちは、つねに望ましいものを禁止するのである。アフリカの原始社会からヨーロッパ、東洋、日本にいたるまで、たぶん世界でもっとも広く行われているのが、近親相姦のタブーであろう。しかし、いったい、なぜ近親相姦が禁止されねばならないのかについては、まだ決定的な解釈を見ていないようである。

たしかに現代人には、血族結婚が優生学的に悪い結果をおよぼすものであるという、常識に類する観念があることはある。しかし遺伝学や優生学の観念がひろまったのは、ごく近年のことであって、少なくとも十六世紀より以前には、誰もそんなことは考えもしなかったはずなのだ。だから、優生学的配慮を理由とする十九世紀末のモーガンらの民族学者の説が、すでに時代遅れであることは明白なのである。

ハヴェロック・エリスらの性心理学者の意見では、近親婚のタブーは、人間の自然の感情の反映であり、それの違犯は、本能的な嫌悪を呼び起すという。この説が誤りであることは、すでに述べた通りである。

フランスの文化人類学者レヴィ＝ストロースが『親族の基本構造』で示したように、「禁止」はそれだけ切り離しては説明不可能であり、つねに「特権」とむすびつけて考察されなければ片手落ちなのだ。この点について、とくに私がおもしろいと思うのは、古代エジプトやインカ帝国などの王族の例である。彼らは純血を保つために兄妹婚を行ったというが、これは神聖な「特権」の行使ではなかったろうか。農耕民族の神話や伝説でも、しばしば神や英雄が兄妹相姦や母子相姦を行うが、これも同じような文脈から説明することはできないだろうか。

もっとも、エジプトの王族の兄妹婚は、母権制社会から父権制社会への過渡期の現象としても説明されているようである。つまり、王は王妃の子供たちに対して父の権力を獲得するために、父であると同時に伯父にもならねばならなかった、というのである。

いずれにせよ、この「禁止」と「特権」の関係は、精神分析学における夢や神話の解釈とも共通するものがあって、私には非常に興味ぶかい。潜在意識下に沈んでいた欲望が、夢や神話のなかに現われるように、近親相姦の強迫観念も、どうやら人類の意識下に普遍的に存在しているらしいのである。そもそも、普遍的に存在しないものを禁止する必要はまったくないであろう。その意味で、近親相姦に対する私たちの感情は、猥褻感とか羞恥心とかいうものときわめて似ているような気がする。

「猥褻とは、ある関係である」とジョルジュ・バタイユが書いている、「火や血が存在するように、猥褻が存在するわけではなく、それはただ、たとえば羞恥心を傷つけるものとして、存在するにすぎないのである。ある特定の人間が見たり言ったりするから猥褻なのである。だから、それは一個の対象ではなくて、一個の対象と一個の人間の精神とのあいだの関係である。この意味から、私たちは、ある特定の局面が猥褻であるような、あるいは少なくとも猥褻に見えるような、もろもろの状況を限定することができる。……近親相姦は、人間精神のなかにしか存在しない、こうした恣意的な状況の一つなのである」と。

たしかに、動物のあいだには羞恥心も猥褻の感情も存在しないように、近親相姦のタブーも存在しない。今西錦司説のように、動物段階にすでにタブーの萌芽を見る説もないわけではないが、近親相姦はバタイユのいうように、「人間と動物性の否定とのあいだの基本的関係の最初の証拠」であろう。

現在、もっとも注目を集めている近親相姦タブーの解釈は、レヴィ＝ストロースのそれであるが、これもまた、近親相姦タブーを、人間社会と動物社会とを分かつ根本的な基盤であると見なしているという点で、バタイユやフロイトの解釈と本質的には異ならないだろう。レヴィ＝ストロースは、近親相姦タブーを家族の内部の秩序維持のための配慮と見るよりも、むしろ他の家族との連携のための配慮と見た。結婚は彼によれば、社会集団間の女性の交換であり、女性は一種の通貨なのである。ここには、当然のことながらフロイトのいわゆる兄弟間の「衝動放棄」の説（『トーテムとタブー』）が大きく影響していると思われるし、またエドワード・タイラーの社会的進化の理論が反映していると認められる。

まあしかし、インセスト・タブーの解釈については、最新の人類学においても、いまだに十分説得的なものは出ていないようなので、私としても、これ以上学説の紹介に紙数を費すことはやめておこう。

＊

ユートピアとしての父娘の近親相姦を、ロマン主義が登場するよりも以前の十八世紀において、その小説のなかに堂々と描き切ったサド侯爵は、やはり私には、この分野における特筆すべき重要人物であろうと思わざるを得ない。

一七八八年三月、バスティーユ牢獄におけるもっとも旺盛な創作活動の時期に、わずか六日間で一気に脱稿した中篇小説『ユージェニー・ド・フランヴァル、悲惨物語』は、私がこのエッセーの冒頭に打ち明けた、父親の娘に対する反社会的な憧憬ないし欲望を、現実世界でほぼ完全に実現した男の物語なのである。主人公フランヴァルは、だから、いわばサドのユートピア的理想を体現した父親像といってもよいであろう。

物語の粗筋をざっと紹介するならば、——シニカルな哲学を奉じている無神論者のフランヴァルは、資産家の娘と結婚すると、二人のあいだに生まれた女の子ユージェニーを母親のもとからただちに引き離し、彼女に対して独特な自由主義教育をほどこすのである。すなわち、宗教や道徳に関することは一切教えず、女家庭教師を雇って、科学や語学や絵や舞踊や乗馬術や音楽だけをみっちり教える。そして遊び友達として選ばれた女の子以外には、外部の世界との交渉をすべて断たせ、男性としては父親のみしか知らないようにして育てる。父親を「お兄さま」と呼ばせ、夜はいつも父親の部屋で話をして過ごすようにさせる。一週間に三回、芝居を観に行く時も父親が同伴する。

かくて美しく成長した娘が十四歳に達すると、フランヴァルは娘の同意を得て、彼女の魂とともに肉体をも自分のものとするのである。自分が道ならぬことをしているとは少しも思わない、無邪気なユージェニーもまた、父親に対する恋情に燃えあがり、教えられるままに、あらゆる快楽の秘儀を熱心におぼえようとさえする。母親が心配して、年ごろになった娘を結婚させようとすると、娘は父親と共同戦線を張って、母親の計画を片っぱしから潰してしまうばかりか、ついには母親を自分のライヴァルとして、深く憎むようにもなる。……

この物語は、結局、悪逆非道の父親フランヴァルが最後に破滅するという、いかにも取ってつけたような勧善懲悪の大詰めによって終るのであるが、むろん、それは作者のアリバイにすぎなかろう。作者はただ、自分の抱懐する「近親相姦＝ユートピア」の設計図を、空想のおもむくままに、自由に描きたかっただけのことであったにちがいない。

名高い『愛と西欧』の著者ドニ・ド・ルージュモンは、タブーを犯すことによってますます情熱を燃え上らせる「トリスタン伝説」の現代版として、ナボコフの『ロリータ』とムジールの『特性のない男』とをあげているが、この現代の情熱恋愛の奇怪なジンテーゼに到達するまでの中間段階には、ほかならぬ「トリスタン伝説」のアンチテーゼとしての、サド侯爵の破戒無慙ぶりを置いてみなければならぬであろう。そうすることによって、近親相姦＝ユートピアの弁証法は、初めて完全な脈絡を見出すのである。

ユートピア主義者の私が、よしんば不逞な野心を起したとしても、せいぜい『ロリータ』のハンバートのように、少女姦ぐらいしかできないだろうと予測し得るのは、したがって、もっぱら時代のせいなのである。

幻想文学の異端性について

誰のいったことか忘れたけれども、「恋愛とは二つの皮膚の接触である」という皮肉な意見がある。いや、必ずしも皮肉ではあるまい。握手から接吻へ、接吻から抱擁へと、事実、接触の度合いはだんだん深まり、さらに深い内部を求めていく。性行為は、考えられるかぎり、もっとも深い内部への到達点であろう。残念ながら、二つの人間存在は皮膚をやぶって外界へ噴出し、互いに渾然と融合するわけにはいかないから、せいぜい突起物を凹所に嵌入するぐらいのところで満足しなければならぬ。ところで、奇妙なことは、この二人の恋人同士のめざす、肉体のもっとも深い親密な内部と見なされている場所が、同時に肉体のなかでもっとも不浄な場所と考えられているということであろう。このことについては、すでに聖アウグスティヌスが苦々しげに、「私たちは糞と尿のあいだから生まれるのだ」と述べているのを私たちは知っている。……

私がなぜこんなことから書きはじめたのかというと、ほかでもない、恐怖とか幻想とかを扱った文学について述べんがためであった。ジョルジュ・バタイユが、『エロティシズム』のなかで断言しているように、「屍体に対していだく恐怖は、人間の源泉としての下腹部の排泄に対して私たちがいだく感情に近いのであり、恐怖の感情は、私たちが猥褻と呼ぶ肉欲的なものを眺めた場合のそれに似ている」のである。それは一言で申せば、目をそむけさせながら惹きつけるということであり、反撥と誘引のアンビヴァレンツを生ぜしめるということなのだ。

性的な征服とは、肉体のいちばん内部のいわゆる「恥部」にまで到達することであり、幻想の探求とは、そのまま恐怖の中心への旅である。恐怖もまた、私たちにとって、精神的な一種の「恥部」であるということができよう。涙を見せることを私たちはそれほど恥ずかしいとも思わないが、恐怖の表情を浮かべた瞬間を、他人に見られるのはきわめて不快であるにちがいない。

現在では、マスコミの異常な発達により、推理小説も怪奇小説も広範な読者層に迎え入れられているとはいうものの、かつては江戸川乱歩を読むことさえ、なんとなく後ろめたい気分に誘いこまれるような、ある種のプチ・ブル的教養主義が、社会の一部に厳然と支配していたことを思ってもみるがよい。私たちは少年時代、ポルノグラフィーを読むような秘密めいた楽しさで、かくれて乱歩を読んだものであった。殺人や悪徳や恐怖の物語を好んで読むことは、真面目な人間のなすべきことではなかったのである。こうした傾向は、かつては学問の分野にも及んでいて、たしかにフロイトのいうとおり、「概して美学の精密な研究は、矛盾した、厭わしい、苦痛なものよりは、美しく、壮大で、魅力的な、したがって積極的な種類の感情や、その条件や、その対象などにばかり向けられていた」（「無気味なもの」）のである。

しかしゲーテはファウストに、次のように叫ばせている。

戦慄は人間のもっとも深い精神の部分だ。
いくら世間が戦慄を忘れさせ、人間を無感動な生きものにしようとも、
戦慄に打たれた人間こそ、途方もないものを深く感じとることができるのだ。

性的欲求が肉体のなかの深さを求めるように、幻想の欲求も深さを求める。ゲーテにいわせれば「途方もないもの」だ。それは意識の深層、潜在意識といってもよいであろうし、日常的な生に対応しているという意味で、死と呼んでも差支えないであろう。死はまた、過去といい変えてよいかもしれない。過去は単に歴史の彼方であるばかりでなく、また母

胎の彼方の記憶、「母たち」の国の記憶でもあるだろう。

幻想とは、かように「彼方からやってくるもの」である。ロジェ・カイヨワが定義したように、「現実のなかへ不可能が闖入してくること」(『幻想文学選集』の序文)である。たとえば、深海に棲む怪魚が海中から釣り上げられても、私たちは別だん不思議とは思わないが、その同じ怪魚が突如として、地上三十六階の高層ビルの窓から飛びこんでくれば、私たちはこれを不思議と思わざるを得ない。同様に、狂人や神秘家が幻覚を見ても不思議はないが、健全な理性を自他ともに認めている人間が、この幻覚に参加したとすれば不思議である。いや、単に不思議であるだけでなく、そこには不吉なもの、無気味なものがあるだろう。幻想は、したがって、単に非合理的な事象というだけでは十分ではなく、私たちが認めている現実の否定、私たちが認めている事物の秩序の攪乱でなければならないのである。

私はいままで、異端という言葉を使うことを故意に避けてきたが、もし幻想に否定とか過剰とかいった意味があるとすれば、幻想文学をただちに異端の文学と呼んだとしても、たぶん、それほど不都合なことはあるまいと思う。申すまでもなく、もともと宗教上の概念として、正統と相関的な関係にある言葉でしかなかった異端は、かりに否定の意味をふくむとしても、決して正統の相互否定的な対立概念ではありえない。しかし名高い『バロック論』の著者エウヘニオ・ドルスが、古典主義美学に対立するバロックを「汎神論」あるいは「異端」と呼んだような意味で、古典主義的リアリズム文学に対立する幻想文学を異端と呼ぶことは許されるのではあるまいか。「異端が存在することは必要である」とドルスは主張している。

現在、私たちは、いま述べたエウヘニオ・ドルスや、ロベルト・クルティウスや、グスタフ・ルネ・ホッケなどといった学者たちの労作のおかげで、いわゆる異端の幻想文学（正しくはバロック文学、マニエリスム文学というべきだろう）が、はなばなしい復活をとげ、ほとんど正統の位置に取って代わりかねまじい有様になってきていることを知っている。決して日本だけの特殊な現象ではなく、これは世界的な趨勢なのである。ドルスが大胆にも述べたように、バロックがあらゆる時代と文明の根柢に、古典主義と対立して存在する人間精神の「常数」だとすれば、私たちはこのバロックを、洋の東西を問わず、一切の時代、一切の地域の精神活動に適用することが可能となるわけであり、むろん、日本文学や日本美術の現実に適用しても一向に差支えないはずだろう。たとえば宗達の屛風絵などに、私は日本的バロックのもっとも豪奢な達成を見たい。

同様にして、私たちはまた、上田秋成とヴィリエ・ド・リラダンを、平田篤胤とアタナシウス・キルヒャーを、平賀源内とシャルル・クロスを、泉鏡花とE・T・A・ホフマンを、折口信夫とウォルター・ペイターを、牧野信一とジェラール・ド・ネルヴァルを、稲垣足穂とダンセーニ卿を、それぞれ並べて論じることも可能となるのである。いまや、そういう時代がやってきたと考えるべきだろう。

Ⅱ

ポルノグラフィーをめぐる断章

サドやラクロと併称される十八世紀フランスの作家、レティフ・ド・ラ・ブルトンヌのおびただしい量に及ぶ著作のなかに、『ポルノグラフ、あるいは公娼制度によって生ずる不幸を避けるに役立つ、売春婦規制案についての一紳士の意見』という風変りな作品がある。書簡体小説の形式を借りた、一種の社会改造法案ともいうべきもので、過去の放蕩生活を清算して結婚しようとする若い道楽者のダルザンが、友人のデ・ティアンジュを相手に手紙を交換しながら、自分の体験に基づいた、理想的な公娼制度について意見を述べるといった趣きのものである。

ダルザンの主張によると、公娼制度にとって最も憂慮すべきものは病気、すなわちコロンブスとともにヨーロッパにもたらされた梅毒で、その蔓延を防ぐことをまず第一に考えなければならない。つまり娼婦の健康管理がぜひとも必要になるわけで、そのためにパルテニオンと呼ばれる施設に娼婦を隔離収容すべきなのである。

パルテニオンとはギリシア語で、まあ強いて訳せば「処女会館」とでもいった意味になるだろうか。ダルザンは、このパルテニオンの建物の構造、その設備、その内部の規則などについて一つ一つ詳細に論じている。食事の時間から入浴の回数まで、娼婦たちの服装から値段まで、微に入り細を穿っている。この綿密さは、サドをも含めた十八世紀末のフランスの作家たちの特徴で（『ソドム百二十日』の城中の規則を想起せよ）、いわば立法趣味とでも呼ばれるべきものであろう。フーリエ流のファランステールを先取りしたような、社会から隔絶された売春のユートピアがそこに成立しているかのような塩梅である。

ところで、このレティフの作品の題名になっている「ポルノグラフ」とは、そもそもどういう意味であろうか。むろん、いま私がざっと紹介した内容によっても知られるであろうように、このポルノグラフは、私たちが現在用いているような意味でのポルノグラフ、すなわち春本作家ということではない。春本どころか、レティフは大真面目に社会改造の理想を述べているわけで、ここで用いられているポルノグラフとは、必ずやギリシア語の語源に則った、「売春研究家」あるいは「売春学者」といったほどの意味でなければならないはずであろう。

レティフがその古い概念を復活させたように、ギリシア人はポルノグラフという言葉を、私たちとは違った意味で用いていたようである。たとえばローマ時代の著述家アテナイオスの『デイプノソピスタイ』（『賢者の宴』）のなかに、次のごとき注目すべき文章がある。「あなたは男の友達ではなく売春婦たちと一緒に、いつも下層民のいかがわしい酒場に入りびたり、多くの女衒たちに取り巻かれ、おまけにアリストパネスだとか、アポロドロスだとか、アンモニオスだとか、アンティパネスだとか、それにアテナイのゴルギアスだとかいった連中の書いた本を持ち歩いていらっしゃる。いずれもアテナイの売春婦のことを扱った本です。あなたこそ、画家のアリスティデスやパウサニアスやニコパネスと同じように、ポルノグラフと呼ばれるにふさわしいお方でしょう。」

ここで「あなた」と呼ばれているのは一人の哲学者だが、この文章には軽い皮肉や羨望があるとしても、非難めいた調子は少しも感じられない。ということは、少なくともギリシア時代のポルノグラフという言葉には、道徳上の貶下的な意味はまったく含まれていなかったということだ。まさに「賢者の宴」にふさわしく、彼らは娼婦に関する知識を互いに披露して楽しんでいるのである。

レティフが売春制度の改革論者をポルノグラフと呼んだように、私たちもまた、たとえば娼婦物作家としての吉行淳之介を心おきなくポルノグラフと呼び得るような、開かれた精神的雰囲気をつくり出したいものだと思わざるを得ない。

＊

それを論ずる論者の思想的立場によって、ポルノグラフィーの定義たるや、まことに千差万別であり、たとえばアメリカの心理学者クロンハウゼンのごときは、情状酌量の余地のない猥褻としてのポルノグラフィーと、人間の本性たる性的な側面を示す文学としてのエロティック・リアリズムとを、二つに区別しているようであるが、私には、こういう二分法はすべて、芸術論としても道徳論としても中途半端であるとともに、何ともわずらわしいような気がしてならない。

むしろ私には、オスカー・ワイルドの『ドリアン・グレイの画像』の序言に見られる、次のような作者の歯切れのよい言葉のほうが、はるかに事態を正確に言い当てているように思われる。すなわち、

「道徳的な書物とか、反道徳的な書物とかいうようなものは存在しない。書物はよく書けているか、それともよく書けていないか、そのどちらかである。ただそれだけのことだ。」

ポルノグラフィーもまた、私には、よく書けているか、それともよく書けていないか、そのどちらかでしかあり得ないように思われる。よく書けたポルノグラフィーは、場合によっては芸術作品と等価なものになるだろうし、等価なものにならないまでも、少なくと

も私たちを何らかの人性上の発見にみちびいてくれるものにはなるだろう。ただそれだけのことなのである。

しかしながら、ひるがえって考えてみると、このオスカー・ワイルドの言葉は明らかに両刃の剣であろう。おそらく検察官ならば、このワイルドの言葉を次のように言い変えるであろう。すなわち、

「よく書けている書物とか、よく書けていない書物とかいうようなものは存在しない。書物は道徳的であるか、それとも反道徳的であるか、そのどちらかである。ただそれだけのことだ。」

＊

三島由紀夫が或るとき、私に向って次のように言ったことがあった。

「御存じのように、ビアズレーの描いた『サロメ』の挿絵には、ごく最近にいたるまで、猥褻と見なされて禁じられていたものが何枚かありますね。福田恆存さんの新しい新潮社版の『サロメ』（昭和三十三年十月刊）には、それがすっかり解禁されて出ています。ところが福田さんは、そのなかの一枚が、どうして猥褻と見られたのか、さっぱり分らないと告白しているんだよ。おかしいねえ。あのひとは、そういう方面には意外に勘がにぶいん

だね。イギリス人なんか、そういう絵を見れば、すぐぴんとくるんです。なにしろ彼らは偽善的な国民で、昔から、エロティックなものを暗々裡に巧妙に表現する術に長けているからね。」

「そのサロメの挿絵というのは、いったいどんな絵ですか」と私も興味をそそられて質問した。

「お宅にビアズレーの新しい画集があるでしょう。ちょっと持ってきてごらん。教えてあげるから。」

私が一九六七年のダ・カーポ版の二巻本のビアズレー画集を差し出すと、三島はぱらぱらとページをめくって、

「あ、これだこれだ」と言った。「サロメ・オン・セットル。椅子のサロメというやつだ。ほら、見てごらんなさい。あなたなら、すぐぴんとくるはずだよ。」

残念ながら、三島にそう言われても、私は福田恆存さんと同様、その絵がどうしてエロティックで猥褻なのか、とてもすぐには呑みこめなかった。私が仕方なく曖昧な顔をして笑っていると、三島はさも心外だというような表情を浮かべて、

「へえ、あなたにも分らないの。これはね、女のオナニーですよ。一目瞭然じゃありませんか。じつに猥褻な絵だねえ。」

大きな目をむいて、ひとりで感心しているのである。

なるほど、そう言われてみれば、そう見えないこともなかった。御存じの方も多かろうと思うが、その「椅子のサロメ」と題された一枚の絵では、ロココ風の奇抜なヘヤ・スタイルをし、黒いガウンのようなドレスをゆったりと羽織ったサロメが、うしろ向きになって椅子に浅く腰かけているのである。そして仔細に眺めると、ガウンの紐は解けており、サロメはどうやら両脚をひらいているようであり、サロメの右手は、得体の知れない棒のようなものを指先で支えているのだ。問題は、この細長い棒の意味であろう。それ以上は私としても説明いたしかねる。よろしく御賢察を乞う。

しかし三島にはっきり指摘されても、イギリス人ではない私には、この絵が確かにサロメのオナニーのシーンを表わしているのかどうかについて、とても確信をいだくわけにはいかなかったということを白状しておかねばならぬ。現在でも、そのあやふやな気持に変りはない。そう思えばそう見えるし、そう思わなければそうは見えないのである。どっちにしても、私にとっては謎のような絵だとしか言いようがない。

かつてフローベールの『ボヴァリー夫人』のなかの或る何でもないシーンが、日本の検察官の恣意的想像力によって猥褻と判断されたという、笑うべき発禁史上のエピソードが語り伝えられているけれども、この一枚のサロメの絵をめぐる私たちの想像力にも、いくらか、それと似たところがあるような気がする。そうではないだろうか。

＊

三島由紀夫が言ったように、はたしてイギリス人が偽善的な国民であるかどうかはしばらく措くとしても、ポルノグラフィーの発生するために、偽善とか猫かぶりとか上品ぶりとかいった感情が必要不可欠なものであることは、まず疑い得ないところだろう。ポルノグラフィーとは、これらの感情の隠れた面、影の部分なのである。

こう言ったからとて、私が検察官の権力者意識やブルジョワ道徳を攻撃しようとしているのだ、などと思われては困る。そうではなくて、私はもっと範囲の広い、人類的な基盤における偽善を問題にしているのである。ボードレールが『悪の華』の序詩で歌ったような、「偽善の読者、わが同類」を問題にしているのである。偽善は羞恥心と言い変えてもよかろうが、そう言い変えると、この言葉につきまとっている道徳的なうしろめたさのニュアンスが消えてしまう。

おそらくポルノグラフィーは、人類が文化を有するようになった段階においてしか、現われ得なかったであろうし、さらに言うならば、文字を有するようになった段階においてしか、現われ得なかったであろう。ウォルター・アレンによると、ポルノグラフィーは道徳的概念であって、猥褻性は美学的概念であるという。ここでふたたび、前に私が引用したオスカー・ワイルドの言葉が思い出されてくるが、もうこれ以上、二つの概念の一方から他方への、不毛な堂々めぐりを繰り返すのは避けたいと思う。

＊

不毛と言えば、一般にポルノグラフィーには、不毛性を礼讃するような傾向があるということをも忘れずに指摘しておかねばならぬ。

申すまでもあるまいが、セックスには遊戯的な面と生物学的な面とがあり、それぞれの面において、快楽と赤ん坊とを生み出すのである。むろん、たとえば苦痛とか流産とかいったような、いくつかの予期せざる副産物もあることはある。しかしそれらはあくまで派生的なもので、第二義的なものでしかあるまい。快楽と赤ん坊、これが原則として、生産的なセックスの結果でなければならぬ。

ところで、クロンハウゼンが列挙したポルノグラフィーの特徴を示す十一項目のリストを眺めると、この原則が必ずしも、ポルノグラフィーには当てはまらないということを私たちは知るのである。以下に簡単に、このリストを検討してみよう。

(1)誘惑。犠牲者はあたかも誘惑を待ち望んでいるかのようで、いとも簡単に陥落させられる。したがって、誘惑はただちに前戯に移行する。――私見によれば、この誘惑は教育ということの別名だ。

(2)破瓜。一般に強いサディスティックな要素を伴う。苦痛が激しくても被害者たる娘は意に介さない。しばしば第三者がその場に参加する。破瓜は、西欧文明において過大に評価されている処女性の尊重ということの裏面であろう。

(3)近親相姦。一般の文学では、このテーマは非常に稀である。しかしポルノグラフィーでは、それが頻出し、しかも当事者は後悔や心理的葛藤をほとんど感じない。

(4)性行動を放任し助長する両親。単に放任するだけでなく、みずから参加する場合も多い。また或る場合には、みずから子供を誘惑し教育する。

(5)瀆聖行為。最も神聖と見なされるものと、最も堕落したと思われるものとを並置することによって、性行為における特殊な魅力が生じ、エロティックな緊張が増大する。ポルノグラフィーに修道院や尼僧がなぜ頻出するかの理由も、これによって説明されるだろう。

(6)不潔な言葉の使用。タブー語の使用は瀆聖行為の目的と似ている。超自我に対する公然たる反抗。

(7)精力絶倫型男性。男性性器の誇張されたサイズ、射出される精液の多量さが強調される。男性の実行力はほとんど無限である。原始的な陽物崇拝との類似。

(8)色情狂型女性。男性がこうあってほしいと望む願望を具現したような存在。情熱的で官能的で、性的に飽くことを知らず、何回でも連続して性交することを好む。

(9)性の象徴としての黒人および東洋人。俗説では、黒人や東洋人はきわめて精力的で、あらゆる種類の倒錯の常習者だと考えられている。――私見によれば、日本にもポルノグラフィーに異民族の登場する例がある。たとえば平安後期の『とりかへばや物語』、オランダ人の甲比丹《カピタン》の登場する江戸期の浮世絵など。

(10)同性愛。直接的な行為が伴わない場合でも、強い同性愛的な要素がつねに存在する。レスビアン・ラヴの場面は、それに対して異性愛的に反応する男性読者を想定したものにほかならない。

(11)鞭打。中世における抑圧された性愛のサド＝マゾヒスティックな性格が反映している。――私見によれば、鞭打はあくまでヨーロッパ的な伝統に属するもので、日本ではむしろ縛りが好まれる。

これでクロンハウゼン夫妻の提示する十一項目のリストは終るが、ジョン・アトキンズの『文学における性』を参照しながら、なおこれに付け加えれば、

(12)性的倒錯という項目が別に数えられるのではないかと思う。これまでに挙げた項目と重複する部分もあるにはあるが、ポルノグラフィーには、獣姦や鶏姦や尿愛をも含めた、

あらゆる種類の性的倒錯が見られるからである。

ポルノグラフィーの不毛性崇拝は、こうした性的倒錯や瀆聖行為に対する好みのうちにも認められるけれども、もう一つ、表面には決して現われない特徴でありながら、ネガテイヴにそれを物語っているものがあることを指摘しておこう。それは妊娠の不在ということだ。ポルノグラフィーにおいては、女が妊娠するということはまず起らない。たぶん、それは生物学的な面が強調されて、快楽の面が損われるためにちがいあるまい。快楽の面から眺めるかぎり、女は妊娠すれば存在価値のなくなるオブジェでしかないのである。例外はサドの或る種の小説に見られるような、孕み女に対する特殊な嗜好をもった男が登場してくる場合であろう。また妊娠と同様に、ポルノグラフィーは月経をも描くことを好まない。

売春婦に対する偏愛、性的倒錯にあたえられた誇張された重要性、妊娠や月経の不在、これらが要するに、ポルノグラフィーの不毛性崇拝を明瞭に物語っていよう。

＊

私の好きなポルノグラフィーの小傑作。すなわちオーブリ・ビアズレーの『ウェヌスとタンホイザーの物語』、ピエール・ルイスの『母の三人娘』、ポーリーヌ・レアージュのの『Ｏ嬢の物語』、ガブリエル・ウィトコップの『ネクロフィル』、ピエール・モリオンの『イギリス人』、それから吉岡実さんに教わって読んだサディ・ブラッケイズ（じつはピエール・マッコルラン）の『アリスの人生学校』等々。いずれもよく書けたポルノグラフィーであるために、芸術作品すれすれに近づいたものと言うことができるだろう。

近親相姦、鏡のなかの千年王国

　オイディプースはテーバイの王であり、ハムレットはデンマークの王子であり、パイドラーはアテナイの王妃であり、セミラミスはアッシリアの女王であり、ドン・カルロスはスペインの王子であり、ネロはローマの皇帝であり、『メッシーナの花嫁』の兄弟たちはシチリアの公爵家の子であり、聖グレゴリウスはフランドルおよびアルトワの君主の孫であり、フランチェスコ・チェンチはイタリアの名門の当主であり、ロトはイスラエルの族長であり、ジークムントはネーデルランドの王であり、チェーザレ・ボルジアはローマ法王の子であり、そして、わが国の木梨軽皇子は大和朝廷の天皇の子である。まだまだ見つかるかもしれないが、これだけ並べておけば十分であろう。

　どうしてまあ、これほど多くの名門から出た者、高貴な血統に属する者が、すすんで近親相姦の罪を犯すことになるのであろうか。高貴な血統と近親相姦には、何か必然的な関係があるのであろうか。それとも、これは単なる偶然にすぎないのだろうか。

私は前から、この点について深い興味をいだいていたが、たまたまイーヴリン・ヘッス・フィンクというひとの『フランス文学における近親相姦テーマの研究』なる本を読むにおよんで、やはり、そこには必然的な関係があるはずだ、と思うにいたった。ただ、この関係はもっぱら神話、伝説、あるいは文学の領域に限ったほうがよいかもしれない。少なくとも現在の日本では、統計的にみて、近親相姦のもっとも多く発生するのは貧しい農山村地帯らしいからである。実際、現実の世界で行われている近親相姦の記録を読むと、そのみじめったらしさに私たちはうんざりするほどである。

シャルル・ペローの童話『驢馬の皮』も、そう言えば、妻をなくした王さまの実の娘に対する近親相姦的欲望を、その物語の骨子としているということを思い出しておくべきかもしれない。こうしてみると、王さまというのは、どこの国でも、よっぽど近親相姦がお好きなものと見える。

いっぽう、日本の唱導文芸である説経節のなかには、たとえば『愛護の若』のような、継母の息子に対する近親相姦的欲望を扱っているものがある。いわゆる貴種流離譚の一種であって、その主人公は多くの場合、美しい若者という設定になっている。だいたい、美しくなければ近親相姦の伝説は成立すべくもなかろう。

私の思いつきだから、おそらく当てにはならないだろうが、神話や伝説における近親相姦テーマと、この貴種流離譚とは、何かの意味で結びついているのではあるまいか。少なくともオイディプースや聖グレゴリウスの伝説は、明らかに貴種流離譚の一種であると考えることができるにちがいない。

ジョン・アプダイクは、ウラジーミル・ナボコフの『アーダ』を論じた文章のなかで、「強姦は下層階級の、姦通は中産階級の、近親相姦は貴族階級の性的罪悪である」と述べているが、これも私が今まで述べてきたことと、いくらか関係があると言えるかもしれない。ただ、その理由を的確に表現すべき言葉が、まだ私には見つかっていないのである。

それでも、その理由の一つは、たぶん孤立した環境ということではないかと私は見当をつけている。前に名前をあげたヘッス・フィンクの意見なのだが、程度の差こそあれ近親相姦を扱った現代文学、たとえばムジールの『特性のない男』とか、コクトーの『恐るべき子供たち』とか、サルトルの『アルトナの幽閉者たち』とか、サガンの『スエーデンの城』とかいった作品を眺めてみると、それらの物語がことごとく、孤立した環境で展開されているということに気がつくのだ。チェンチ一族の城などが典型的なものであろうが、孤立した貴族のシャトーこそ、禁じられた快楽を誘発したり、あるいはこれを世間の目から隠したりするのに、まことに恰好な防壁だったのである。

『恐るべき子供たち』のなかに、次のような言葉がある。

「この部屋は、姉弟が同じ身体の二本の手足のように、そのなかで暮らしたり、身体を洗ったり、着物を着たりする甲羅のようなものだった。」

また同じ小説のなかで、姉のエリザベートは次のように言う。

「あたしたちは、これからこの部屋に閉じこもって暮らすのよ。白衣の看護婦もきてくれるわ。お医者さんが約束してくれたの。あたしはボンボンを買いに行くか、貸本屋がきた時しか外に出ないことよ。」

もう一つの理由は、高貴な血統に対する誇りであろう。必ずしも現実に貴族の身分でなくても、ロマン主義はあらゆる自我を貴族に仕立てあげるのだ。バイロンとその姉オーガスタ、ワーズワスとその妹ドロシー、シャトーブリアンとその姉リュシールの関係に見られるごとく、その生まれや気質や肉体的特徴によって、互いに孤独を分かち合うことのできる二人の近親者は、それぞれ相手のなかに自分と似た者を発見し、これを愛するようになるのである。俗衆に対する反感が、いよいよ彼らのあいだの距離を近づける。

トーマス・マンの『選ばれし人』の主人公、双生児の兄のウィーリギスは、その妹のなかに自分を補足するものを見出している。

「わたしにはあなたを見る眼があるだけで、あなたはこの世でわたしの対になる女性なのだ。あなた以外の女性は縁なき衆生で、わたしと一緒に生まれたあなたのように、わたしと同等の者ではないのだ。」

シンメトリーを形成するこの兄妹は、たぐいまれな美しい少年少女だったという。『日本書紀』巻第十三によれば、允恭天皇の子であった木梨軽皇子と、その同母妹の軽大娘皇女も、やはりシンメトリックな美貌の兄妹だったようだ。彼らが初めて同衾した時に、皇子が詠んだ歌は次のごとくである。

あしひきの　山田を作り　山高み　下樋《したび》を走せ　下泣きに　我《わし》が泣く妻　片泣きに　我が泣く妻　今夜《こぞ》こそ　安く膚《はだ》触れ

同じ兄妹の近親相姦といっても、ムジールの『特性のない男』の場合は、ちょっと変っている。これは徹頭徹尾、極限的な思考をする作者の頭のなかから出てきた状況だから、それも当然と言えば言えるかもしれない。すなわち、二人の兄妹ウルリヒとアガーテは、思春期まで一緒に育てられたのではなく、二人とも別々の性体験を経たのちに、それぞれ三十二歳、二十七歳の年齢になって、まるで知らないひとに会うように会うのである。しかし彼らの孤独、孤立した環境、互いに似ているというナルシシックな感情の発見などは、その他多くの近親相姦小説の状況と必ずしも共通していないことはない。

「『でも兄妹というのは、この道をすでに半分ほど進んでしまっていると考えられるわ』

アガーテはかすれた声で異議を唱えた。

『双子だね、おそらく』

『あたしたちは双子じゃないの？』

『双子だとも！』不意にウルリヒは答をさけた。『双子は珍しい。性の異る双子となると全く珍しい。かてて加えて、二人の年齢が違っていて、長いあいだ、お互いを知らなかったとなれば、これはみものだね。ぼくたちは誇ってもいいよ！』」

彼らはこうして会話をつづけながら、自分たちのシンメトリーの感情をさらに強化するために、プラトンの両性具有の神話やら、イシスとオシリスの神話やらに支援を求めたあげく、ついにシャム双生児という観念に到達する。シンメトリーはここで、精神的にも肉体的にも完全になるわけだ。断わるまでもあるまいが、これはもはやユートピアの世界と言うべきである。

しかし両性具有よりもシャム双生児よりも、この兄妹のユートピックな愛を心理学的に一層見事に説明するものは、ウルリヒの洩らす次のような言葉だろう。

「君が何であるか、いま判ったよ。君はぼくの自己愛なのだ！」

おそらく、神話や伝説や文学作品にあらわれるすべての近親相姦願望が、窮極的にはここに収斂されるのではないか、と私は思っている。その貴族主義も、孤立主義も、自己愛の変形でしかなかったのである。結局のところ、ウルリヒは鏡を見ているようなものだ、と言ってしまってよいかもしれない。いずくんぞ知らん、鏡のなかに「愛の千年王国」があったのだ。

この近親相姦のなかに発見される自己愛という窮極の観念は、もちろん兄妹の場合だけでなく、父娘あるいは母子の場合にもひとしく適用されるだろう。それらはシンメトリーというより、むしろ同心円といったほうがよいかもしれない。

私は元来、近親相姦とはこの上もなく甘美なものだ、という抜きがたい固定観念をいだいている人間であるが、それもおそらく、ウルリヒのように、相手のなかに自分の自己愛を投入し、しかもそれを自分の目で眺めることができるという、ユートピア的状況をつい想像してしまうためではないか、と思っている。いや、私ばかりであるはずがない、これは人間の普遍的な想像力のパターンであろう。そうでなければ、そもそも近親相姦を扱った神話も伝説も誕生するわけがないからだ。

処女生殖について

むかし、木々高太郎の『わが女学生時代の罪』という推理小説を読んだとき、私は、そのなかに出てくる若い女主人公が、女学生時代のレスビアニスムの体験によって、処女でありながら妊娠してしまったということになっているらしいのを知って、そんな馬鹿なことがありうるだろうか、と首をひねったものである。らしい、と私がいうのは、例によって例のごとく、木々高太郎がはっきりと書いていないからである。彼が書いているのは、せいぜい次のことぐらいだ。すなわち、「私（女主人公）の妊娠したのは、言うまでもなく物質的の形のあるものからであること、それは、恐らくは里美子さん（同性愛の相手）を通して、私に入ってきてしまったのだということです。」「里美子さんは、私とともに肉体的の愛撫を拒まない生活をしていながら、当時すでに富田銀二さん（里美子の男の恋人）と肉体の交渉をもっていたことを、その当時は少しも考える力はなかったのですが、私が妊娠したのは、その唯一の証拠であったではありませんか。」

こんなふうに曖昧な、一種の闕語法《レティサンス》を好んで使うのが木々高太郎のやり方で、知的だなどといわれながら、彼の小説がいつも物足りない後味を読後の私たちに残すのも、もっぱら、この闕語法のためなのである。しかし、さしあたって、そのことはどうでもよい。この曖昧な女二人と男一人の関係を、作者にかわって、私がもっと具体的に説明するとすれば次のようになるであろう。すなわち、女Aと女Bとは同性愛の関係にある。たまたま女Aが男Cと肉体関係をむすぶ。そこで、男Cの精虫が、女Aの膣を経由して、女Bの膣へ運ばれてしまった、というわけである。女Bは男Cと接触することなく、女Aの媒介によって、その子宮内に男Cの精虫を迎え入れてしまった、というわけである。精虫が活潑な運動をするのは射出後何時間以内とかぎられるだろうから、少なくとも女Aは、男Cと関係してから、それほど時間を置かずに女Bと愛撫を交わす必要があろう。そうでなければ、いかにトリバディスムのあの手この手を用いたとしても、女Bの妊娠という事態は考えられまい。

なぜ私がこんな馬鹿げたことを話題にするのかといえば、ごく最近、私が目を通した医学の歴史の本に、これとそっくり同じ例が報告されているのに気がついたからである。顕微鏡を用いて最初に人間の精虫を観察した、十七世紀のオランダのハルトスーカーが、テサロニキの二人の女同性愛者について記述している。ひとりは有夫の婦人、もうひとりは未亡人であったが、前者が後者を妊娠させてしまったというのだ。ほかにも例はあるようである。もしかしたら、外国語のよくできる勉強家であった木々高太郎は、これらの文献に目を通して、その小説のアイディアをつかんだのではあるまいか、と私は思ったものである。いや、きっとそうにちがいあるまい。

Parthénogénèse という言葉がある。ギリシア語でパルテノスは処女、ゲネシスは生殖を意味するから、処女生殖ということになる。この言葉が私にとってすこぶる魅力的にひびくのは、おそらく、それが互いに相反する性質を示す二つの概念を、強引に一つに結びつけたところの言葉だからにほかなるまい。たとえば乞食の王とか、輝ける闇とかいった言葉に、それはいくらか似ているといえばいえるであろう。パルテノスはそもそも不毛でなければならないのに、豊饒であるべきゲネシスと強引に結合せしめられる。そこでパルテノジェネーズは奇妙な効果を発揮する。いってみれば、それにふさわしからざる原因から、一つの結果が生ずるという驚くべき効果であろう。コインシデンティア・オッポジトルム、すなわち「相反するものの一致」といってもよいかもしれない。

私のひそかに思うのに、木々高太郎はとびきりのロマンティストであったから、この処女生殖という観念に、いいようのない魅惑をおぼえていたのではあるまいか。しかしまた、彼は生理学専攻の唯物論者でもあったから、このみずからの憧憬の観念をたたきつぶし、化けの皮を引きはいでやりたいという、矛盾した欲求にも憑かれていたのであろう。『わが女学生時代の罪』は、この彼の共存する反対感情の、不手際な表白のように私には見えるのである。

マリアの処女懐胎を思い出すまでもなく、処女生殖がいかに人類の根強い願望の一つであるかということを知るためには、ちょうど顕微鏡で精虫や卵子の初めて発見された時代における、すなわち十七世紀の後半における、幾人かの生理学者たちの意見を眺めてみれば十分であろう。処女生殖という観念は、必ずしも肉体を汚れたものと考えるキリスト教思想からのみ導き出されたものとは、とても私には思えないのである。むしろ私には、「相反するものの一致」を夢みた、古代以来の生理学上のマニエリストたちによって追求されてきた観念のような気がしてならないのである。

一六三七年一月十三日、姦通罪で起訴されていたマドレーヌ・ドートモン・デグメールという女に対して、グルノーブルの裁判所は無罪を言い渡したそうである。四年間も夫と離れていたのに、彼女は男の子を生んでしまったのである。彼女の供述によると、夢のなかに夫が出てきて、まるで現実と変らない愛撫を加えたので、たしかに自分でも妊娠したという感覚を味わったという。裁判所は、このデグメールの供述を全面的に信用したらしい。聖トマスがいっているように、原罪以前の無垢の状態においては、人間は精神力だけで子供をつくることができる、という原則を彼女の場合に適用したのにちがいなかった。十七世紀の裁判官といえば、妖術裁判で魔女たちを片っぱしから焼き殺す、おそろしい裁判官のイメージしか私たちには思い浮かばないが、なかには、こんなロマンティックな裁判官もいたらしいのである。

もっとも、モンペリエ大学の医者たちの意見は、裁判所のそれとは違って、もっと科学的なものだったという。科学的といっても、なにを基準として科学的というのか、以下の文章を読んだひとは、頭がこんぐらかってしまうかもしれないけれども。

「おそらくデグメール夫人の夢みた夜は夏の夜で、部屋の窓は開け放され、彼女のベッドは西に向いていたはずである。彼女の寝具はみだれていたであろう。そこへ西風が吹いてきて、虫のような人間の有機体の分子や、空気中をただよう小さな人間の胎児を、彼女の体内に送りこみ、彼女を受胎させたのである。」

植物が種子によって繁殖するように、動物も一種の種子のような分子を拡散させて、雌を受胎させるという考え方があり、これをパンスペルミスム（汎精子説）と称する。おそらく、生殖に関する世界でいちばん古い考え方だろうが、モンペリエ大学の医者たちも、明らかにこれを踏襲しているのである。空気中にも水中にも、雌を受胎させる虫のような

「有機体の分子」が浮遊しているのであり、これが食道や気管を通って女の体内に入り、生殖器官にまで達する。右の文章にはゼピュロスすなわち西風という言葉が出てくるが、とくに西風が、この有機体の分子を運ぶものと考えられたようである。いわば人間を風媒花のように見なしているわけであろう。

西風が女を孕ませるという説は、ウェルギリウスの『農耕詩』をはじめとして、すでにギリシア・ラテンの文献にもしばしば出てくるので、御存じの方も多いであろう。いや、ギリシア・ラテンの世界ばかりでなく、日本の中世の女護ケ島の伝説（たとえば御伽草子「御曹子島渡」を見られたい）にも、風によって女が子種を得るというエピソードは語られているので、この説は地球上のずいぶん広範囲におよんでいるようである。ここでは、プリニウスの『博物誌』（巻八、第六十七章）から一節を引いておきたい。

「ルシタニアのオリシポ（リスボン）やテジョ河の付近で、牝馬が西風のほうへ顔を向け、風によって孕まされるという話はだれでもが知っている。こうして生まれた若駒は驚くべき駿足ぶりを発揮するが、三歳になるのを待たずに死ぬのである。」

言葉の厳密な定義からいえば、パンスペルミスムを処女生殖の一種と考えるのは、あるいは正しくないかもしれない。空気の媒介であれ水の媒介であれ、スペルムがなんらかの径路を通って、女の子宮内に侵入することは前提となっているからである。本来の処女生殖は、一切の「有機体の分子」の介入を峻拒するものでなければならぬはずであろう。しかし面白いのは、十七世紀になって精子や卵子が発見されるとともに、この昔ながらのパンスペルミスムがふたたび勢いを盛りかえし、その信奉者を多く集め出したという事実であろう。当然といえば当然かもしれないし、おかしいといえばおかしいような気がするではないか。

十七世紀の学者たちの主張するパンスペルミスムにも、各人各説いろいろあって、たとえば名高い童話作家シャルル・ペローの兄のクロード・ペローのごときは、女はひとりでも生殖することができるが、男の協力があって初めて完全なものになる、などと主張している。そうかと思うと、風に運ばれて飛んでゆくのは男のスペルムではなくて、女の卵子であると主張している学者などもいる。イギリスの自由思想家ウィリアム・ウラストンの説も、一風変っていて面白い。すなわち彼によれば、空気中にただよっている有機体の分子を口や鼻孔から吸いこむのは、女ではなくてむしろ男なのである。この分子はやがて貯精嚢にたくわえられ、陰茎から女の子宮内へ発射される。ただし、この分子を女が直接に吸いこむという場合も、決してありえないわけではないとウラストンは断わっている。

スイスの博物学者シャルル・ボネが、二十歳の若さで、アリマキの処女生殖を発見したのは一七四〇年であった。生まれた時から隔離して育てられた一匹のアリマキが、六世代にわたる九十五匹の子供を生んだのである。この事実は、当然のことながら、人間の処女生殖を主張する、当時の生理学者たちを勇気づけることになったようである。パンスペルミスムの伝統も、決して死に絶えることなく、十九世紀の半ばまで延々とつづいた。

十九世紀の半ばに、古めかしいパンスペルミスムの伝統を復活させて、新たに「芳香分子」の説を立てたのはフランスの医者オーギュスト・ドベーであった。匂いの分子は目にも見えず、また手にも触れられないが、私たちの嗅覚を強く刺激する。どんな小さな入口からでも侵入する。スペルムの芳香分子もまた、子宮内に到達すると、さらにラッパ管の内部にもぐりこみ、卵巣に食らいついて、これを受胎せしめるのである。受胎した細胞はだんだんふくれあがり、数日で破裂すると、一個の卵子を放出する。これが輸卵管を通って、ふたたび子宮にもどってくるのだ。

ドベーによると、この芳香分子には驚くべき伝播力があるので、それによって原因不明の妊娠なども説明することができるという。或る若い百姓女が、積みあげた乾草の山の上で、仕事に疲れて眠っていた。暑苦しい季節だったので、彼女はしどけなくスカートをまくっていた。たまたま彼女の近くに、もうひとり百姓女がいて、こちらは乾草の上で男と恋を語らっていた。この男女のあいだから発した一個の芳香分子が、風に運ばれて、なんにも知らずに眠っていた百姓女を妊娠させることになってしまったのである。彼女は九カ月後に子供を生んだ、とドベーが書いている。こんなことが実際に起ったかどうか、とにかく、これは証明しようのない事実というしかないであろう。

処女生殖という観念は、あくまで望ましい一つの観念にすぎず、現実には、だれもこんなものを信じている人間はいなかったのではあるまいか、という疑いも生ずる。よしんば生理学者がそれを主張したにせよ、裁判所がそれに基づいて判決をくだしたにせよ、健全な常識をもった市民たちは、いずれも腹の底で、こんな観念を嗤っていたのではあるまいか、という疑問である。「相反するものの一致」を熱烈に夢みるマニエリストたち自身すら、もしかしたら、自分ではまったく信じていない観念を、あたかも心から信じているのでもあるかのごとく、表明していただけのことだったのではないだろうか。私にはどうも、そんな疑問が次から次へと心に浮かぶのである。

十八世紀の英国に、ジョン・ヒルという山師のような作家がいた。この男がアブラハム・ジョンソンという変名で書いた報告が、一七三〇年に刊行された『交合なしの出産《ルキナ》、あるいは協力の法則から解放された出産』である。イギリス学士院に宛てた手紙の形になっていて、そのなかで作者は声を大にして、処女生殖が現実に可能であることを説いているのである。もっとも、よく読んでみると、作者がそれを少しも信じていないことは明瞭なので、この作品は一種の諷刺文学ということにもなるであろうか。ジョン・ヒルというのは奇妙な人物で、医者であり薬剤師であり植物学者であり、どこまでが真面目なのか見当のつかないようなところもあるが、十五年間を費して大著『植物界』を完成したために、スエーデン王から勲章をもらったりもしているので、必ずしも山師ときめつけるのは妥当でないかもしれない。

さて、ジョン・ヒルの『交合なしの出産』であるが、この報告の語り手でもあり、主要登場人物でもあるのがアブラハム・ジョンソン博士なのである。まあ、いわば小説みたいなものなので、その内容をざっと次に紹介しておこうか。

アブラハム・ジョンソン博士が或る日、或る名家の若い娘を診察にゆく。診察の結果は明らかで、疑いもなく娘は妊娠している。両親は家の恥だとして、大いに悩む。しかし娘は自分が絶対に処女であって、恥ずべきことはなにもしていないと主張して譲らない。ジョンソン博士は、この娘の真剣さに思わずほろりとして、「よし、ひとつ彼女のために、交合なしでも妊娠する場合があるということを証明してやろう」と意を決する。証明はなかなか困難で、ともすれば絶望しがちになるが、たまたまウラストンの名著『自然宗教略述』を読むにおよんで、博士は処女生殖が可能であることを確信するにいたる。

こうして博士は一台の機械、「円筒形で反射光学的で円屋根形で凹面形で凸面形の機械」を製作する。ウラストンの語っている、「女を受胎させる有機体の分子」を採集するためれの機械である。首尾よく機械が完成して、集められた分子を顕微鏡で眺めてみると、それらの分子は「あたかも男女それぞれの性を備えた小人のよう」である。博士は感にたえず、「うーん、この小さな爬虫類みたいなやつが、将来、アレクサンドロス大王のような人物になるのだろうか。こっちのやつは、ファウスティナみたいな女になるのか。こいつはキケロみたいな学者になるのかもしらんぞ……」などとつぶやく。

残る問題は、これらの分子の有効性をためしてみることであろう。しかし、だれを実験台にして使ったらよいか分らない。迂闊なことをすれば、モラルに抵触するのは必至であろう。自分の妻ならばよいかもしれないが、実験台にするために結婚するというのは、どうもやはりぞっとしない。いろいろ考えた末に、博士はひとりの小間使を実験台にすることにきめた。これだって、あまり道徳的なこととはいえないだろうが、万やむをえなかったのである。博士は彼女の口から、分子のたっぷり入ったスープを慎重に飲ませた。それから病気という口実で、彼女を修道院に隔離監禁した。彼女のそばには、牡の犬さえ近づけないようにした。やがて彼女に妊娠の徴候があらわれると、彼女は博士にこう告白するのだった、「じつは三年前に、或る牧師に誘惑されたことがございます」と。これで博士には、彼女のお腹のなかの子供がいかなる原因で生じたか、よく分ったので、その子供が生まれると、すすんで自分の子として認知した。——話はこれで終りである。

このジョンソン博士の報告には、さらにまた、この機械の発明が人類にどんな利益をもたらすか、ということが得々として語られてもいる。まず第一に、多くの女たちが汚された名誉をそそぐことを可能にするであろう。それから、すでに久しきにわたって万人の嫌悪するところとなっている、結婚の束縛を解消するのに役立つであろう。また性病を根絶する役に立つかもしれない。著者は大真面目で、この機械を普及させるために、男女の交合を禁ずる勅令を出すように取りはからってほしいとイギリス学士院に訴えてさえいるのである。まことに、とぼけた野郎もあったものだと思わざるをえない。

私にいわせれば、もしこんな機械ができたとすると、男の役割がなくなってしまって困るのではないか、と思われるのだが、著者はそんなことには一向に気づいていないようである。まことに、勝手な野郎もあったものだと思わざるをえない。

男性の射精というのは一種の出産だから、すべての男性は一種の処女生殖をやっているようなものだ、と主張した学者もいる。この十八世紀フランスのゴーティエという学者の説によれば、むろん、睾丸のなかにはすでに小さな胎児がいて、射精と一緒に、そいつが外に飛び出すのである。なるほど、そう考えれば、射精は一種の男の出産ということにもなるであろう。

ゴーティエは精液を透明な冷たい水に浸して、顕微鏡もなしに、そのなかの胎児を観察したと語っている。すなわち、「白い胎児は不透明な流動性の物質で、頭は身体の三分の一も大きかった」と。彼はまた、同じ実験を驢馬の精液で行ったとも語っている。驚くべきことに、どろどろした黄色っぽい物質から成る、小さな驢馬の胎児がちゃんと彼には見えたそうである。「非常に大きな頭と、四本の脚と、一本の尾で、そいつは緑色がかった液体のなかを泳いでいた」とゴーティエは報告しているのである。

こうして見てくると、十七世紀から十八世紀にかけての生理学者というやつは、どいつもこいつも、科学の方法なんぞはそっちのけにして、まことしやかに自分勝手な嘘ばかり吐いている人物のように見えてくる。単に処女生殖という観念的な願望においてのみならず、その実験的な観察においても、記述においても、しかりである。私は前に生理学上のマニエリストという言葉を使ったが、なかなかどうして、彼らはマニエリストというよりも、むしろそれ以上の端倪すべからざるなにかであろう。

ベルメールの人形哲学

「大部分の子供というものは、玩具の生命を見たがる。玩具の寿命を長びかせるか否かは、この欲望が早く襲うか遅く襲うかに懸っている。私には、こうした子供の奇癖を咎める勇気はない。なにしろこれは子供の最初の形而上学的傾向なのだから」とボードレールが『玩具のモラル』のなかで書いているけれども、人間の肉体、とくに女体に対するベルメールの飽くことなき探求心は、あたかも好奇心の旺盛な子供が、時計や玩具や人形をばらばらに分解して、その内部の秘密のメカニズムをあばき出し、その生命を見きわめようとする熱望に似たものを感じさせはしないだろうか。

ベルメールのエロティシズムが、単に皮膚の表面の接触といった通俗的な面に局限されず、その隠れた内部の原因をあばき出そうという、ボードレールのいわゆる「子供の最初の形而上学的傾向」に支配されたものであるらしいことは、ここでとくに強調しておく必要があろう。同じくエロティシズムとは言っても、ベルメールのそれは、ピカソのような肉体を謳歌する健康な薔薇色のエロティシズム、異教的な歓喜の表現ではなくて、あくまで死と暴力の認識の上に基礎づけられた、危険な黒いエロティシズムなのである。

肉屋で牛を殺すところを好んで見たがったマルセル・プルーストの奇癖を、モーリス・サックスは「子供の残酷さ」と呼び、『失われし時を求めて』という厖大な作品のすべても、一種の怪物的な子供、――精神は大人の経験を残らず味わったけれども、魂は十歳のままの子供の作品として理解することができる、と言っている。子供の破壊の対象たる時計や玩具が、ベルメールの場合、そのまま女体に移行したと考えてよいかもしれない。しかも、彼は現実の犯罪者、たとえば「斬り裂きジャック」のような性犯罪者たることを免れるべく、みずからの破壊の衝動をぶつけるべき一種の模擬物を発明した。それが人形であり、この人形を発明してから以後の彼の創作活動の一切は、デッサンも、版画も、グワッシュも、オブジェも、彼がその人形を前にして感じる肉体についての問題意識から派生しているのである。

あらゆる角度から造形的に追求された人形哲学、――これがベルメールの仕事のすべてなのだ。

ベルメールがすぐれた挿絵画家として、とくにバタイユやサドの書物の挿絵を描いているのも偶然ではあるまい。黒いエロティシズム、恍惚と責苦のあいだに人間を位置せしめる悲劇としてのエロティシズムは、この三者においてまったく共通しているからだ。

十八世紀の牢獄文学者たるサド侯爵もまた、ベルメールのように、純粋に想像の世界で、女体をばらばらに解体したり、裏返しにしたり、そのレントゲン写真を撮ったり、屍体解剖したりするという、放恣な夢想に思うさま浸っていたのだった。

サドの作品の挿絵を描いたシュルレアリストには、ベルメールのほかにも、たとえばレオノール・フィニー、ジャック・エロルドなどの俊才が数えられるが、いみじくも『道徳小論』と題された、ベルメールの二色刷の十枚の銅版画集ほど、豪華なドラマティックな表現に達しているものは稀であろう。ジュスティーヌが一個の道徳的な人形であったように、この十枚の版画に現われる可憐な少女のイメージもまた、可能な限りのあらゆるエロティックな姿態をとることを強制された、画家の欲望から生まれたところの人形にほかならないのである。

人間のエロティックな解剖学的可能性を、快感原則によって再構成することが、ともするとベルメールのひそかな野心だったのかもしれない。そのために、ありとあらゆる肉体の変形に適応するような、理想的なファンム・オブジェとしての人形が要求されたのであろう。ベルメールの人形哲学によれば、女体の各部分は転換可能なのである。新しい性感帯を探求するために、その顔や手脚や下半身を別の秩序に並べ変えて、ベルメールは一つの肉体から、無限に複雑な存在の可能性を引き出すのである。

と同時に、ベルメールは独得のダブル・イメージの手法によって、一種のヘルマフロディトゥスを実現する。『道徳小論』にふくまれる作品のなかに、少女の股間の割れ目からペニスが直立しているイメージを発見して、奇異の念をおぼえられる読者があるかもしれない。しかしベルメールの哲学によれば、女体は単に女体であるだけでなく、この女体を欲望する男の思念をも反映していなければならないのだ。「汝」と「我」のあいだの垣根が取りはらわれて、両者が一つのイメージのなかで重なり合うのだ。

作者は好んで、このペニスと自己とを同一化しているのかもしれないし、さらに言うならば、このペニスをもった少女のイメージ自体が、作者の倒錯したナルシシズムの反映なのかもしれないのである。

すべての人形愛好家にとってと同じく、現代では稀な「呪われた芸術家」と称してよいベルメールにとっても、女はイヴのように男の内部から出てきた存在であり、無意識の近親相姦コンプレックスの対象であり、そしてまた、隠された強烈な自己愛の変形であったことは疑い得まい。

ベルメールの黒いエロティシズムの精神分析学的基盤に、私たちは、以上のごとき徴候を読みとるのである。

ファンム・アンファンの楽園

詩人のジョルジュ・ユニェと画家のハンス・ベルメールが共同で製作した挿絵入り詩集『枝状に刻みこまれた流し目』は、一九三九年、パリのジャンヌ・ビュシェ書店から刊行された。

ジャンヌ・ビュシェ書店は、もっぱら当時のシュルレアリストの作品を豪華本として刊行する書店だったらしく、マックス・エルンストの名高い『博物誌』(一九二六年)をはじめとして、マン・レイおよびエリュアール共著の『自由な手』(一九三七年)、ジョルジュ・ユニェのコラージュの本『さいころの第七の面』(一九三六年)などといったものを出版している。第二次大戦前の、シュルレアリスムの黄金時代と言ってよいかもしれない。

私が手にして眺めることのできた『枝状に刻みこまれた流し目』の一部は、巻末に限定番号が二二一番と記されている。一番から一〇番まではオリジナル・デッサンと著者の署名入り、一一番から三〇番までは署名入りと記されており、この二二一番は、写真凹版の印刷ということである。

縦一三センチ、横九・二センチの小型本で、桃色の表紙の上に白いレースの布がかぶせてあるのが、まことに洒落ている。こういうセンスは、日本の出版業者には望むべくもあるまい。サラーヌ・アレクサンドリアンが評して言ったように、たしかにこれは「宝石のような本」であろう。

ユニェの詩については、私には何とも言えない。読むのはどうも面倒くさいし、読んでもよく分らないにちがいない。一種の自動記述の詩であるから、もちろん内容を解説するわけにもいかないだろう。まあ、サラーヌ・アレクサンドリアンが述べているように「好奇心旺盛な食いしんぼうの女の子」の物語だと思えばよろしかろう。

女の子の物語であるから、ベルメールにはまさにぴったりである。ベルメールが挿絵を描いて初めて成功したのが、この作者三十七歳当時の『枝状に刻みこまれた流し目』なのであった。といっても、ここにはまだ、後年のベルメールの暴力的なエロティシズム、黒いエロティシズムを予感させるようなものはない。サドの作品や、バタイユの『マダム・エドワルダ』の挿絵に見られるような、あのエロティシズムの痙攣的な激しさは、ここにはないのである。

ベルメールのデッサンは、じつに繊細な筆致で、遊びたわむれる女の子たちの楽園を生き生きと描き出している。これは無垢な少女たちの楽園なのである。中世の彩色挿絵師の描く装飾模様のように、その精緻をきわめたデッサンは、本文の余白を美しく飾っている。

女の子たちは、いかにもお転婆娘らしく、樹のぼりをしたり綱渡りをしたりダンスをしたりしている。ディヤボロと呼ばれる、鼓の胴に似た形の独楽を、両手に持った糸の上で回転させて遊んでいる子もいる。鞠をついている子もいれば、片足スケートで走っている子もおり、輪まわしの輪にもたれかかっている子もいる。

そうかと思うと、アクロバットのように跳びはねている子もおり、ベッドの上や朝の食卓の前で、大胆な挑発的なポーズを示している子もいる。たぶん、これは大人になりかけの少女なのであろう。

一九三七年、ベルメールは木と鉄と混凝紙とで、「恩寵に浴した機関銃」という、動くオブジェを制作しているが、それとよく似た奇妙なオブジェ（三十八ページ）も、ここには描かれている。しかしよく見ると、この奇妙なオブジェには、髪の毛や乳房や臀があり、おまけに襞の多いスカートの断片も付属していて、これは明らかに女の子の変形であるということが分る。

この生き生きとした、自由奔放な、女の子たちの薔薇色の楽園を眺めて、シュルレアリストたちの愛する「不思議の国のアリス」やブルトンの憧れるファンム・アンファン（子供としての女）を想像するのは、私たちの自由であろう。そういえば、ベルメールは七十歳の老齢にいたるまで、一貫してファンム・アンファンを描きつづけた、稀有なる画家だった。

　ファンム・アンファンとは何か。アンドレ・ブルトンは『秘法十七』のなかに、次のように書いている。

「ファンム・アンファンに感性の主権を返すのは誰だろうか。彼女自身にもまだ未知である彼女の反応のプロセス、ともすると急がしく気まぐれというヴェールに覆われがちな、彼女の意志のプロセスを明らかにするのは誰だろうか。それを明らかにするには、鏡の前で長いこと彼女を観察しなければなるまい。」

「私がファンム・アンファンを選ぶのは、彼女を別の女に対立させるためではなく、彼女のうちに、ただ彼女のうちにのみ、もう一つの視覚のプリズムが絶対に透明な状態で宿っているように思われるからであり、この視覚のプリズムは全く別の法則に従っていて、男性の専制主義はこれをどうあっても暴露すべきではないと思うからである。」

　どうやらブルトンにとって、ファンム・アンファンとは、自然の化身であり、透視力をもった一種の巫女であり、愛の奇蹟を実現する妖精であり……要するに、詩そのものなのである。そして私には、ベルメールの描いた愛すべき女の子たちも、ことごとく、このファンム・アンファンの一族なのではないかと思われる。

ところで、この挿絵入り詩集『枝状に刻みこまれた流し目』の冒頭には、製作にたずさわった詩人と画家が、二人とも愛する女に献辞を書いている。すなわち、

「ジェルメーヌ・ユニェに」

「マルガレーテ・ベルメールに」

とある。

このマルガレーテという女は、ベルメールの最初の妻であり、この挿絵入り詩集の出る一年前（一九三八年）にベルリンで死んでいる。妻の死とともに、ベルメールはベルリンを去ってパリに移住し、パリのシュルレアリスト・グループと交際しはじめるのだが、その当時、まだ彼の心の悲しみは癒えていなかったのであろう。しかし、やがて彼の前には、ノラ・ミトラニ、ウニカ・テュルンなどといった新しい女が次々に現われるのである。もっとも、そのあいだには戦争という、ベルメールにとってもっとも困難かつ悲惨な体験が挟まれていた。

ブルトンによれば、かりにこれまで愛した幾人もの女の顔を記憶しているとしても、彼は「これらすべての女の顔のうちから一つの顔だけしか見出せない。すなわち、それは最

後に愛した顔である」と。ベルメールにとっても、事情は同じだったであろうか。

幼時体験について

誰でも経験のあることと思うが、読者のみなさんも、知らない土地へ行って、ある印象的な風景などを目にしたとき、じつはそれが初めて眺めた風景であるにもかかわらず、「おや、たしか前にも一度、こんなところへ来たことがあったような気がするぞ」という、漠然とした気分にとらわれ、それがいつのことだったか、いくら思い出そうとしても思い出せない不安感を味わったことがあるであろう。

風景ばかりではない、たとえば友達と日常的な会話をしている時などでも、突然、ふっと、「待てよ。おれは前に、今とそっくり同じ状況で、そっくり同じ内容の会話をしたことがあるぞ」といったような、奇妙な気分に襲われ出すことがある。

この何とも説明しがたい、懐かしいような、気がかりなような（古風にいえば「胸がきやきやする」ような）気分を、心理学では既視感《デジャ・ヴュ》と称する。フランス語で、déjà は「すでに」という意味であり、vu は「見た」という意味である。実際は記憶の誤りだそうで、いくら思い出そうと努力しても無駄らしいのであるが、私たちは、何とかして過去の記憶の闇のなかを手探りし、現在の不安の根源をつきとめたいという思いを禁ずることができない。挙句の果てには、「夢のなかで見たのかな」とか、「もしかしたら前世の記憶ではあるまいか」などと、神秘的なことまで考え出す始末である。

＊

この既視感《デジャ・ヴュ》とよく似た心の現象で、愛し合う二人の男女が、現実に初めて相手を知るようになる前から、すでに互いに深く知り合っていたのではないか、という意識にとらえられる場合がある。彼らの意識では、むしろ相手の出現を心待ちにしていたのである。「ほら、やっぱり君は僕の前に現われたね」といった気持なのだ。

ノヴァーリスの『青い花』のなかで、神秘な青い花の幻影を求めて遍歴する主人公ハインリヒは、めぐり遭った東洋の女マティルデから、「あたし、ずっとずっと昔から、あなたを知っていたような気がしますの」と打ち明けられる。ハインリヒも同じ気持なのである。ロマンティックな恋愛小説には、こうした男女の宿命的な、前世から約束されたような出遭いが、しばしば美しく描かれているのを御存じであろう。

こうした記憶のいたずらは、既視感のようなものをも含めて、すべて私たちの意識の表面には決して姿を現わさず、潜在意識の奥底に深く深く眠っている、大昔からの人類の経験の痕跡のようなものだ、と言えば言えないこともないであろう。心理学者のユングはこれを、適切にも集合的無意識という名で呼んでいる。すなわち、ユングによれば、男の無意識のなかに隠れている女性像がアニマ、女の無意識のなかに隠れている男性像がアニムスであって、それらは前世の記憶のように、夢のなかに現われたり、私たちの現実の恋愛体験を左右したりするのである。

*

さて、私がここで御紹介したいと思うのは、現代フランスの著名な哲学者エティエンヌ・スーリオ氏の報告している、興味ぶかい彼自身の経験である。これは幼児体験のふしぎさの一例と言ってもよいであろう。

スーリオ氏は、次のような光景を頭のなかで空想するたびに、何とも言えないノスタルジックな感動を味わっていたという。すなわち、緋色のカーテンに囲まれた焼絵ガラスの窓があって、その窓から外を眺めると、逆光線の夕日を浴びて黄金色に染まった森があり、森のそばを、シルエットになった人物が一団をなして通り過ぎて行く。——こんなバルビゾン派の絵のような情景を想像すると、彼の心には、いつも強い情緒的な反応が呼び起されるのであった。

スーリオ氏は第一次世界大戦中、ある日の夕方、実際にこんな風景を眺める機会をもった。夕日を浴びた森の縁の道を、ドイツ軍兵士がパトロールしていたのである。また南米旅行中、森のなかでキャンプをしていた時にも、似たような光景にぶつかった。さらに少年時代、ギュスターヴ・ドレの一枚の銅版画を眺めて、同じ感動を味わったこともあった。

いったい、これはどういうわけだろう、何か遠い昔の子供の頃の記憶のなかに、現在ではすっかり忘れているが、こんな情緒的反応を呼び起す根源のようなものが隠されているのではあるまいか、とスーリオ氏は考えた。そして、ずっと昔、彼がまだ二歳の頃、両親と一緒に住んでいた、ベルギーに近い北フランスのリールという町に行き、かつての我が家を訪ねてみた。すると、期待していた通りのものにぶつかった。鍵はちゃんと見つかったのである。たしかに、彼が二歳の頃に住んだ家には、焼絵ガラスの窓のついたヴェランダがあり、窓の両側には赤いカーテンが垂れており、ヴェランダの向うには、樹の植わった中庭があって、中庭と柵を隔てた通りには、通行人の往来が眺められたのである。しかも太陽は正面に沈むので、日没時には、すべてが逆光線の黄金色の光に満たされるのであった。……

このふたたび発見された幼児体験のエピソードは、いろいろなことを私たちに教えてくれる。まず第一に、子供は二歳ぐらいでも、もろもろの印象をちゃんと頭のなかの記憶装置に刻みこんでおくものであり、たとえ意識の表面では忘れていても、意識の奥底において、その潜在的な記憶が、大人になった私たちの情緒に訴えかけてくる力を決して失ってはいないということ。これは実際、驚くべきことではなかろうか。

もしかしたら、私たちが前世の記憶などと呼んで、解き明かすことを断念している神秘的な情緒を伴った記憶も、私たちのはるかな過去の幼年期の体験のなかに、ことごとく、その源泉を見出すことができるのではあるまいか。

薄明の幼年期にこそ、大人になった私たちの感情生活を支配する、秘密の司令部があるのではあるまいか。そして私たちはただ、その存在に気づかないだけのことなのではあるまいか。――こんなことが考えられる。

＊

フロイトの考えによれば、一般に、芸術とは、人間が現実世界において満たすことを禁じられた願望（それは多くの場合、抑圧された幼年期の性愛的願望である）を、独特の方法によって、錯覚的に満たしてやるところの手段の一つである。

だから幼児体験は、芸術家にとって、その創り出す芸術作品の傾向を決定するほどの、きわめて重要な因子となるのである。もちろん、実人生においても、幼児体験は、私たちの感情生活に大きな影響を及ぼすものであることに違いはないけれども、芸術の世界は夜の夢と同じように、あらゆる禁止の解除された別世界であるから、いわば、それだけ願望がストレートに表現されているわけである。

芸術家の幼児体験と、それに触発されて生み出されたところの芸術作品とのあいだにある関係は、文学好きな精神分析学者たちが好んで採りあげる、最も興味ぶかい研究テーマの一つとなっている。フロイトがレオナルド・ダ・ヴィンチやゲーテを採りあげ、マリー・ボナパルト女史がエドガー・アラン・ポーを採りあげているのは周知であろう。

イタリア・ルネッサンス期の万能の天才レオナルドは、ある科学論文のなかで、自分の幼児体験を次のように語っている。「まだ私がごく幼くて、揺籃のなかにいた頃、一羽の兀鷹が舞い下りてきて、尾で私の口をひらき、何度も何度も尾で私の唇を突ついたことがあった。」

この短い記述から、フロイトはレオナルドの同性愛的傾向や、生みの母親（彼は私生児であった）に対する強い愛着や、性的なものへの幼年期における探究などといった、一連の精緻な分析を引っぱり出してくる。素人が聞けばびっくり仰天するような、奇想天外な結論ではあるけれども、フロイトの推理を一つ一つ追って行けば、なるほどと自然に納得させられるような、みごとな首尾一貫した分析となっている。

要点を述べれば、——兀鷹の尾は男根象徴であり、兀鷹が子供の口をひらき、尾をもって口の中をかきまわしたという、レオナルドの空想に含まれている状況は、男根が相手の口中に挿入される性行為、つまり同性愛者の好むフェラティオの観念に合致するのだ。また兀鷹はエジプト神話で母性の象徴であり、しかも雌のみで処女受胎をすると信じられている。そういったことから、男根は母の乳房に置き換えられ、母は聖母マリア、自分は幼児キリストだというアナロジーが成立するのである。——この私の簡単な要約で満足できない方は、どうかフロイトの長い論文をじっくり読んでいただきたい。

さて、次はゲーテである。ゲーテは六十歳で書きはじめた、名高い自伝『詩と真実』第一章の冒頭の部分に、次のような自分の幼年時のエピソードを書いている。すなわち、少年ゲーテはある日、近所の年長の遊び友達にけしかけられて、面白半分、自分の家にある陶器の皿や壺や、台所にある瀬戸物などを片っぱしから、次々に外の舗道へ叩きつけて、みんな割ってしまったというのである。

べつに何ということはない、よくある子供のいたずらのようにも思われるが、フロイトはこの小さなエピソードから、少年ゲーテの弟に対する嫉妬、弟が死んで、母の愛を独占することができた経緯などを、あざやかな手つきで引っぱり出してくるのである。詳細は親しくフロイトの本文について知っていただきたい。

一方、フロイトの女弟子のマリー・ボナパルトは、その厖大な『エドガー・ポー研究』のなかで、この詩人の幼時体験から生じた母親コンプレックスを、手を変え品を変えして分析している。いささか牽強付会的な解釈もないではないが、ポーの小説の愛好家にとっては、こんな面白い本はないと言えるくらい、じつに興味津々たる本である。

幼くして母を失ったポーの眼底には、死の床に横たわった、美しい母のイメージが焼きついていた。といっても、母は彼が二歳の時に死んでいるはずだから、このイメージは無意識の記憶像であろう。ともあれ、こうして彼は、妻のイメージと母のイメージを同一視し、また婚姻の床と柩の台とを同一視するにいたる。若くして死んだ処女妻ヴァージニアも、ポーのネクロフィリア（屍体愛好）的傾向をいよいよ強める役割を果したかもしれない。『リジイア』『モレラ』などの短篇を見られたい。ポーが自分の苦悩から癒やされるのは、愛する女が（ちょうど死んだ母のように）死ぬ時に限られる。女が死んで初めて、彼は近親相姦の苛責から解放される。

有名な短篇『黒猫』を例にとるならば、主人公が猫の眼をえぐるのは、エディプス王が自分の眼をつぶすのと同様、去勢を意味する。しかも猫は女性で、母の象徴であり、猫が樹に吊るされて殺されるのは、エディプスの母イオカステーが首をくって死ぬのと同じである。つまり、いずれも近親相姦の罪に対する自己処罰を意味することになるのである。

＊

幼年期が私たちにとって、至福の黄金時代のように見えるのは、私たちが大人の目で、これを歪めて理想化しているからにほかならない、という意見もある。たしかフロイトも、そういう意見の持主だったようだ。

しかしながら、あらゆる大人の世界の禁止から解放された、自由なナルシシックな子供の世界、時間のない、永遠の現在に固着している子供の遊びの世界は、やはり私たちの想像し得る、最も理想的な黄金時代と言ってよいのではあるまいか。

アメリカの心理学者ノーマン・ブラウン氏の意見によると、人間の芸術活動のひそかな目的は、「失われた子供の肉体を少しずつ発見して行くこと」だそうだ。この意味ふかい言葉を、私たちは何度も噛みしめてみる必要があるだろう。そのとき、幼児体験の意味するものも、新鮮な光のもとに照らし出されて見えてくるだろう。

コンプレックスについて

　コンプレックスという精神分析学上の用語は、「複合」と訳されるが、すでにわたしたちの卑近な日常会話でも、しばしば使われる便利な手垢にまみれた言葉になってしまった。「あいつはコンプレックスの塊まりだ」などと、わたしたちは平気でいう。しかし、厳密に考えれば、そもそもコンプレックスのない人間はいないのである。

　コンプレックスとは、強い感情をおびた非合理的な表象または表象群であり、とくに無意識ではあるが、症状形成や行動の上に著しい影響力をもつものをいう。現実意識と反撥する感情的経験は、無意識のうちに抑圧されながらも永く保存され、間接に現実意識を制肘するのである。この言葉を最初に用いたのはユングであるが、彼は、意識の抑圧によって分離した自我の一要素を、コンプレックスと呼んだのである。そうだとすれば、これは病理学的なものでも異常なものでもなく、多かれ少なかれ、誰にでもあり得るものだということになる。

精神分析学は神話や伝説のなかに、人間心理の原型を好んで見出す傾向があるので、今までに発見された幾つかの登録済みのコンプレックスのなかにも、いろんな面白い名前のついているものがある。次に、それらを一つ一つ例示して説明してみよう。いわば、コンプレックスの総目録を作ってみよう、というわけだ。

*

まず、誰でも知っているいちばん有名なのは、**エディプス・コンプレックス**であろう。これはテーバイの王エディプスが、それと知らずに父を殺し、母と結婚したというギリシア神話から採ったもので、母親を所有したいという息子の願望をあらわす。母親に対する息子の漠然とした性的愛着であり、その一方には、父親に対する敵意や嫉妬がふくまれている。フロイトの精神分析は、このエディプス・コンプレックスが中心的な観念になっていて、あらゆる神経症《ノイローゼ》（ことにヒステリー）は、これに起因すると見られている。なお、エディプス・コンプレックスは、北欧神話の英雄の名前を借りて、**ジークムント・コンプレックス**と呼ばれることもある。

女の子の場合は、これが逆になって、父親に対する愛着と母親に対する敵意から成り立つが、これをとくに**エレクトラ・コンプレックス**と名づけることもある。エレクトラは、やはりギリシア神話で、ミュケナイの王アガメムノンとクリュタイムネストラとの娘であり、父が母に殺害されて後、弟のオレステスを助け、父の仇を討った勇ましい女性である。

　母親を殺したオレステスは、親友ピュラデスと姉とを結婚させるが、良心の呵責のため気が狂ってしまう。**オレステス・コンプレックス**とは、したがって陰性《ネガティヴ》のエディプス・コンプレックス、あるいは潜在的な同性愛をあらわす。同性愛的傾向を有する神経症者のなかには、無意識に自分の妻を親友のもとに走らせたいという衝動に攻められる者があるのである。しかも、彼は親友に対して嫉妬する。

　これとよく似たものに、**マルク王コンプレックス**がある。マルク王はケルト伝説のなかで、アイルランド王女イゾルデを迎えるため甥のトリスタンを遣わす人物である。つまり、これもまた、三角関係を進んで作り出し、みずからそれに悩むという両極性《アンビヴァレンツ》の持主なのだ。自己懲罰の無意識の欲望でもあり、また同性愛的傾向も認め得る。

　息子と母との相姦関係がエディプス・コンプレックスと呼ばれるように、父親と娘との相姦関係は、**テュエステス・コンプレックス**と呼ばれることもある。この言葉は一九四三年、ギリシア神話学者のN・N・ドラクリデスによって創始された。テュエステスは義兄アトレウスのために三人の子供を殺されたのを怒って、神託にしたがい、自分の娘ペロペイアと通じて、一子アイギストスを儲け、この子によってアトレウス一族に復仇をとげようとした。かくてアイギストスは、アトレウスの子アガメムノンを、その妻クリュタイムネストラと通謀して殺し、父の一念を晴らしたのである。

ところで、今では廃止された用語に、**クリュタイムネストラ・コンプレックス**というのがある。彼女は今も述べたように、アガメムノンの妻で、エレクトラ姉弟の母であるが、自分の夫を殺し、さらに夫の女奴隷カッサンドラをも殺した。彼女の場合は明らかに病理学の症例であって、コンプレックスというようなものではないのである。しかし初期のフロイトの著作（たとえば『トーテムとタブー』など）では、このクリュタイムネストラ・コンプレックスは、群族《ホルド》の罪に対する警告と重婚の習慣をあらわしているのである。

エディプス的な反抗の特殊な形として、ルネ・アランディ博士の命名した**アリストテレス・コンプレックス**がある。周知のように、アリストテレスは師プラトンの業績を凌駕した。このコンプレックスの特徴は、弟子の師に対する同性愛的固着と、去勢コンプレックスへの傾向である。そしてこの傾向は、師の作品を破壊したいという欲求のうちにあらわれる。別名を**ブルータス・コンプレックス**ともいう。「ブルータス、お前もか」のブルータスである。

一方、ガストン・バシュラールによって定義された**プロメテウス・コンプレックス**は、父や師の定めた禁を犯してまでも、秘密を知りたいと願う人間の衝動である。いわば、純粋な知性の面におけるエディプス・コンプレックスだ。プロメテウスの神話については語るまでもなかろう。

エディプスは知らずに母を犯したのであったが、ローマの皇妃アグリッピナは、意識的に息子ネロを誘惑しようとした。そこで、近親相姦への意識的な欲求を、**アグリッピナ・コンプレックス**と呼ぶことがある。もっとも、こうなると、フロイトの無意識の説は混乱してしまうだろう。

去勢コンプレックスは、フロイトの公式によると、「僕は去勢されるのが怖い。ペニスを失いたくない」という男の子の妄想のうちに示される。この公式を女の子に適用するのは困難のように思われるかもしれないが、女の子もまた、もともとペニスを持っていたのだが、母あるいは父に去勢されて失くなったのだ、という考えをしばしば抱いているものなのである。したがって、それはペニス羨望という形であらわれる。去勢コンプレックスは、また同時に去勢されたいという願望、あるいは、すでに去勢されてしまったのだという妄想に転化することもある。

女の子のペニス羨望を**ディアナ・コンプレックス**と称する。ディアナはゼウスの娘であるが、世のつねの少女のように、糸を紡いだり織ったりするのを好まず、髪を白い紐で束ね、弓矢を手にして、山野を駈けまわり、もっぱら狩猟に日を送る。つまり、彼女は男のつもりなのだ。フロイトによると、こうした傾向は「女性の心理的同性愛」であり、アドラーによると「男性的抗議」である。

逆に**ダフネ・コンプレックス**は、性愛一般を恐怖する若い娘の感情をあらわす。つまり、ペニスで突き通される恐怖である。ダフネはクピドに鉛の矢で射られ、アポロの求愛を嫌って逃げまわり、ついにゼウスによって月桂樹に変えられた若いニンフである。

アンティゴネ・コンプレックスは、見かけに反して母親に固着し、人生や恋愛の法則を受け容れることができない娘をいう。アンティゴネは盲いた父エディプスの伴侶となって、各地をさまようが、父の死後帰国し、兄ポリュネイケスの死骸を、クレオンの命に反して葬った。そのため、生きながら岩穴に閉じこめられ、ついに縊死する。

不死身の体力を誇っているが、じつは無能であり、性的な劣等感に悩んでいる人間を、**アキレウス・コンプレックス**の持主と称する。実際、豪勇をもって鳴った英雄アキレウスには、人にいえない弱点、いわゆる「アキレウスの踵」があって、ここを射られればたちまち死ぬのだ。また彼は子供の頃、女装して娘たちのあいだに暮らしていただけに、臆病なところもあり、親友パトロクロスに対しては、ひそかに同性愛的な感情をいだいていたとも伝えられる。

ハガル＝サラ・コンプレックスというのは、女を無意識に二つの種目に分類しようとする男の傾向である。すなわち、愛してはいるが、手をふれる気にはならない女（母のイメージ）と、肉欲の対象として手をふれるが、少しも愛してはいない女の二種類である。これは女流精神分析学者のマリーズ・ショワジーが、旧約聖書から採った言葉で、サラはアブラハムの妻であり、ハガルはエジプト人の奴隷娘であった。アブラハムは妻の同意のもとに、この奴隷娘と日夜たわむれていたが、彼女がイシマエルという男の子を生むと、サラは夫に迫って、ハガル母子を沙漠に追い払わせたのである。

同じく旧約から採った用語に、シャルル・ボードワンの創始になる**カイン・コンプレックス**および**アベル・コンプレックス**がある。申すまでもなく、カインは弟に対して不当に敵意を燃やした。一般に、弟が兄に競争心を燃やすのも、この兄の敵意に対する自然の反応であるとされている。フロイトによると、法律の基礎には、この兄弟間の潜在的な競争心があるという。アベル・コンプレックスは、逆に善意と犠牲者の感情をあらわす。

リリト・コンプレックスは、男に特有な神経症の徴候で、自分自身の女性的な要素を、母の影像《イマーゴ》の痕跡の全くない女の上に投射しようとする傾向である。リリトは伝説によると、イヴの前にアダムの妻だった女で、子供を食い殺す美しい魔女でもあった。イヴは多産な女の象徴、リリトは美人ではあるが、石女《うまずめ》の象徴である。エディプス・コンプレックスとともに、これは人類の両性性の最も古い心的表象と考えられる。

シラノ・コンプレックスは、迂遠な方法で自分の欲望、野心などを満足させようとする態度をさす。他人の成功の裡に、自分自身の成功にひとしい喜びを発見するのである。このコンプレックスの基礎は、自分の感情的生命を他人の上に投射することによって得られる、同一視の過程にある。それが昂進すると、罪悪感、自己懲罰、マゾヒズムとなる。

現実原則に逆らって、理想の女を探そうと夢中になる傾向を**ドン・ジュアン・コンプレックス**という。このコンプレックスの基礎には、しばしば少年の母親に対する極端な固着が認められる。つまり、大人になってもエディプス的な抑圧が解消されなかった場合である。彼は女から女へと渡り歩いて、母親を求め、つねに裏切られて、女たちに復讐をする。最後に女の夫（または父親）を傷つけるのだが、これは象徴的に彼自身の母親の夫（つまり彼自身の父親）を傷つけたことを意味する。マラニョンのような学者は、内分泌学的な見地から、ドン・ジュアンを一種の性的不能者と見なしている。

これが女の場合には、北欧神話から名を借りて**ブルンヒルデ・コンプレックス**と呼ばれる。英雄あるいは超男性を求める女の心理であるが、ひとたび結婚すれば、たちまち彼女は夫を卑しめ遠ざける。このコンプレックスには、とくに女に多い映画俳優や歌手にあこがれる心理、フロイトのいわゆる「遠くからの愛」の概念に通じるものがあろう。

ハムレット・コンプレックスは、また挫折コンプレックスとも呼ばれる。罪悪感にとらわれているハムレットは、何をやっても成功しない。結局、彼が死ぬのはクローディアスの陰謀の結果というよりも、自己懲罰の結果という方が当っているのである。攻撃性を自己自身に反転させて、恋愛においても社会生活においても、すべて挫折するようにみずから進んで行動する。これが神経症者の自己懲罰のメカニズムである。

アンフィトリュオン・コンプレックスも、超自我との葛藤によって惹き起された挫折コンプレックスの一種である。アンフィトリュオンはペルセウスの孫で、アルクメネの許婚者であったが、誤って彼女の父を殺してしまった。その後、ゼウスが彼の姿に身を変じて、アルクメネの寝所に入り、彼女と交わってヘラクレスを生んだ。オットー・ランクによれば、ドン・ジュアンはアンフィトリュオン神話の近代的表現である。

ポリュクラテス・コンプレックスも、挫折コンプレックスの重要な一変種である。彼はサモス島の僭主で、栄華をきわめ、あまりの幸福に不安をいだいた。神々に捧げようとして、海に指環を投げると、やがて食卓に供された魚の腹のなかから、その指環が出てきた。彼はますます不安になる。幸福や成功に堪えるのは、自由に堪えるのと同じくらい困難だ、というわけである。

何度も手を洗わないではいられない偏執をあらわす言葉に、**マクベス夫人コンプレック**

スというのがある。これも明らかに、無意識的な罪悪感の徴候であろう。

売淫コンプレックスは、あらゆる情緒の倒錯した表象を示す。強度に激しくなると、女は実際に身を売りたい衝動に駆られる。軽い程度では、幻想を抱くだけである。このコンプレックスは、父に対する失望、あるいは男一般に対する憎悪から生ずる。父親一人に軽蔑されたために、すべての男に見放されたと思いこんでしまうのである。

離乳コンプレックスの起源は、小児の生活において最も早くあらわれる。それは誕生の外傷《トラウマ》の結果であって、下手に離乳させられた小児が受けるショックは、ずっと後になって重大な神経症の原因となることもある。

しゃぶりコンプレックスも、その一変種で、あらゆる口唇領域的な傾向、母の乳房への激しいノスタルジーを保存し、男の場合には、飲酒や喫煙に対する強い誘因を伴なうようになる。つまり、アルコールが母乳の代理表象になったわけである。

エンマ・コンプレックスは、ボヴァリズムとも呼ばれ、現実の機能を破壊した分裂病のメカニズムをあらわす。申すまでもなく、フローベールの小説の女主人公の名前から採ったもので、彼女は、現実の自分とは違った自分を空想した一種のナルシシストであった。

変ったコンプレックスとしては、**自動車コンプレックス**などと呼ばれるものがある。多くの強迫患者に認められる徴候で、アドラーによれば、速度への極端な関心は、優越性を求める病理学的な傾向にほかならないのである。外向性の人よりも内向性の人の方が、車をゆっくり運転することをアドラーは証明した。一般に、車を利用したがる偏癖《マニア》は、不快な心理的状況から脱出すること、母の前から逃走することにひとしいという。

それと関連して、**ジュール・ヴェルヌ・コンプレックス**をも挙げておこう。かつて母親の庇護のもとに存在した、失われた楽園を求めて出発する室内探検家のコンプレックスである。いわゆる「胎内瞑想」とも近い。

最後に、**自己聖化のコンプレックス**がある。アドラーはこれを「神にひとしい存在たらんとする傾向」と定義した。自己聖化の意志と人間的な状態とのあいだに、ある裂け目が生じ、時としてそれがドラマティックな色合をおびる。クロード・エドモンド・マニーによれば、芸術上の超現実主義は、このドラマの表現である。「神になりたいと一度も考えたことのない人間は、人間以下である」とヴァレリーもいっている通り、芸術という一種の神経症も、コンプレックスがなければついに成立しないのだ。

ユイスマンスの『大伽藍』は、つとに日本でも出口裕弘氏による名訳が行われているが、なにぶん大著であるために、割愛されている部分が半分以上もあるのは残念なことである。その邦訳で割愛された部分、すなわち第七章の終り近くに、登場人物であるデュルタルとプロン神父とのあいだで交わされる、宝石に関する問答があるから次に引用しておきたい。最初はデュルタルの発言である。

「宝石の象徴理論に関する話はこれで打切りにしますが、最後にもう一つ述べるとすれば、一連の宝石は天使の各階級を記念するためにも役立っています。もっとも、その解釈にはいくらか牽強付会なところがあって、あまり根拠のない、いい加減な連想から生じた面もあるようです。それでも紅玉髄《サルド》がセラフィムを、黄玉《トパーズ》がケルビムを、碧玉《ジャスプ》が座天使を、橄欖石《クリソリット》が主天使を、青玉《サファイヤ》が力天使を、縞瑪瑙《オニックス》が能天使を、緑柱石《ベリル》が権天使を、紅玉《ルビー》が大天使を、そして翠玉《エメラルド》が天使をあらわしていることは事実です」

　これに対してプロン神父が答える。

「ふしぎなことに、動物や色や花は、象徴理論家によって良い意味に解釈されたり悪い意味に解釈されたりするのですが、宝石には、そういう差異がまったくありません。宝石はつねに美質をあらわし、決して欠点をあらわさないのです」

「なぜでしょうか」とデュルタル。

「おそらく聖女ヒルデガルトがその理由を説明してくれるでしょう。その著『自然学』の第四の書で、彼女は宝石について語りながら、悪魔は宝石を嫌悪し侮蔑すると述べています。その理由は、悪魔が宝石の輝きを見て、堕落以前の自分たちの体内にも、同じ輝きがあったことを思い出すからであり、また宝石のなかの或るものが、悪魔を苦しめる火によって生じたものでもあるからです」

　ここに見られる考え方は、単にキリスト教の自然観というだけでなく、バビロニア以来の古くからの自然観のなかに認められたところの、宝石と天上界とを結びつける考え方であろう。すなわち、宝石は天体の光の凝固したものにほかならず、宝石のなかには、永久に効力を失わない天体の力が封じこめられているというのだ。あたかも貯蔵瓶のように、宝石のなかには神秘な天体の力が貯えられているので、この力を患者に注げば、どんな病気でも容易に治癒せしめることができる。このように宝石は古来、護符として大事にされた。

ユイスマンスの文章にもあったビンゲンの聖女ヒルデガルトによると、ダイヤモンドを口中にふくんでいれば、人間は嘘をつくという悪徳から免れられるという。プロン神父がいうように、宝石は「つねに美質をあらわし、決して欠点をあらわさない」のである。

プリニウスが『博物誌』全三十七巻のなかで、宝石を扱った部を最終巻に置いたのも、彼自身の言によれば、「自然の崇高さがそこに集中的に表現されていて、いかなる領域においても、これほど感嘆すべきものは見られない」からだった。第三十七巻「宝石の部」の冒頭に、プリニウスはちゃんとそう書いているのだ。

私自身もまた、必ずしも宝石とはかぎらず、石一般を愛することにかけては人後に落ちないつもりだが、なぜ石が好きなのかと質問されたとすれば、たぶん次のように答えるしかないだろう。すなわち、石の魅力の第一は硬さである、と。それは結晶といってもよいであろう。宝石の場合には、これに透明性と光輝の魅力が付加されるから、さらに好ましいものとなる。色彩などは、少なくとも私にとっては第二義的なものだ。このあたりの心理学については、ガストン・バシュラールが『大地と意志の夢想』のなかで、多くの例をひきつつ存分に論じているから、ここで私が舌たらずな筆を弄する必要もあるまい。

結晶、透明、光輝、——こう並べてみると、デュルタルがいみじくも指摘しているように、私たちはどうしても天使の属性を思い出さないわけにはいかなくなるだろう。セラフィムの翼は赤いから紅玉髄、ケルビムの翼は青いからトパーズ（黄玉といわれるが、青い種類のものも多い）なのであろう。宝石はいかにも天使に似つかわしいのである。

ヨーロッパ中世の石譜の作者のことや、日本の江戸期の木内石亭のことなどを、すでに私は何度となくエッセーのなかに書いてきたように思うから、ここではちょっと目先を変えて、フランス十六世紀のプレイヤッド詩人レミ・ベローのことを語ろう。ロンサールによって「自然の描き手」という称号を贈られたベローには、昆虫や小動物を歌った『小さな創造物』という詩集もある。愛すべきバロック時代のミニアチュリストとして、紋章詩《ブラゾン》作者のモーリス・セーヴとともに、とりわけ私の気に入っている詩人がレミ・ベローなのである。

さて、ベローの宝石を歌った詩集は『宝石の愛と新たな変身』である。死後に追加された補遺をふくめると、全部で三十一篇の詩から構成されている。そのなかで歌われる宝石には、紫水晶《アメティスト》、ダイヤモンド、磁石（あるいは天然磁石）、真珠、風信子石《ヒヤシンス》と橄欖石、ルビー、虹石《イリス》と蛋白石《オパール》、珊瑚《さんご》、オニックス、エメラルド、サファイヤ、トルコ玉、瑪瑙、碧玉《ジャスプ》、水晶、紅玉髄《サルド》、鷺石、鶏石、燕石、石榴《ざくろ》石、カルケドニウス、血玉髄《ヘリオトロープ》、月長石、石綿、緑柱石《ベリル》、水性石、黒玉炭、紅縞瑪瑙《サルドニックス》、青金石、血石、乳石などがある。なかには空想上の石もあるし、現在の鉱物学の見地から見て、なにを指すのか判然としないような石もある。

オウィディウスの『変身譜』のように、神話の神々やニムフが恋をして、宝石に変身せしめられたというような話が中心となっている。オウィディウスが植物変身譚だとすれば、ベローの詩篇は宝石変身譚ということになろう。『宝石の愛と新たな変身』という詩集の題名は、ここに由来する。いわば宝石が擬人化されているのだと思えばよいかもしれない。

三十一篇の詩のなかで、とくにベローの才気と創意が見られておもしろいのは、私の考えるのに、第九番目の縞瑪瑙《オニックス》の詩であろうか。

ウェヌスが花ざかりの銀梅花《ミルト》の木かげで昼寝をしているとき、その息子のアモルがこっそり近づいて、彼女の美しい爪、鏡のように磨き立てられて、顔の映るほど美しい爪を、鋭利な矢で切りとってしまう。ウェヌスは目をさまして、いたずらな息子の仕業に気がつくが、もう遅い。いっぽう、アモルはまるで宝物を手に入れたように、有頂天になって空を飛んでいるうちに、その大事な女神の爪の切れっぱしを、ついうっかりしてインドの砂漠の上に落してしまう。次に詩を引用してみよう。

天上の物質は決して消滅してしまうことがないから、このウェヌスの爪の切り屑も、下界に落ちるやいなや、（神々の意志により）しまり屋のパルカエたちに拾われて、たちまち石に化せしめられた。されば、この石は今もって、黄金よりもさらに貴重な「キュプリスの爪」という名で呼ばれている。石と化した爪には、鮮紅色に白の混った縞目があり、また灰色の縞目があり、また黒味を帯びたものもあり、さらにまた、比類のない肉色をしたものもある。肌色ならばサルドニックスと呼ばれ、角色あるいは蜜色ならばカルケドニウスと呼ばれる。

そもそもギリシア語で、オニックスというのは爪のことなのである。それはおそらく、縞瑪瑙の色が爪の色に似ているように見えたためであろう。プリニウスも『博物誌』（第三十七巻第六章）で、この石の「白さは人間の爪の色に似ている」と書いている。ベローには、こういう古典の知識があったので、それでウェヌスの爪が砂漠に落ちて縞瑪瑙になった、などというお話を頭のなかで考え出したのにちがいない。オウィディウスも考えおよばなかったような、奇抜なアイディアというべきではあるまいか。

ベローの宝石変身譚には、このほかにも秀逸なものが何篇かある。たとえば、ヘリオトロープは超能力をもつ美しい魔女だったが、その力を濫用したために石に変えられてしまった。それが血玉髄である。真珠は、曙の女神アウローラの涙が化した石である。珊瑚は、ニムフの接吻で赤く染まった、石になった草である。碧玉は、幼児神アモルの流した血が凝固したものである。ｅｔｃ．

或る種のバロック詩人に特有な、ミニアチュリスト的想像力を大いに駆使して、ベローは古代の変身譚に見られるような、人間と自然との親近の感情を歌ったといえるかもしれない。そしてその際、彼が対象として採りあげたのが、昆虫や小動物とともに、これらの宝石だったということには意味深いものがあろう。

エロスとフローラ

花を愛した芸術家として、わたしがただちに念頭に思い浮かべるのは、オスカー・ワイルド、プルースト、そしてジャン・ジュネである。ただし、この三人の芸術家の花の愛し方には、一般のそれと多少違ったところがあって、たとえば抒情詩の対象とするような愛し方ではなく、いわば自分の欲望の象徴として、花を愛したのであった。

おそらく、彼らは花のなかに、官能の世界と呼び交わす、なにか抽象的な秩序のようなものを見ていたのである。官能の世界の雛形のようなものを発見していたのである。これを、わたしは汎神論的衝動と呼んで差支えないと思う。

「花々を欲情の一部とする私にとっては、薔薇の花びらのなかに涙が待ち受けていることがよく分る。杯状の花や、曲線状の貝殻の奥に秘められた色を見た時など、かならず事物の魂そのものとのあいだに、ある微妙な交感が成り立ち、私の資質は、つねにこれに感応したものだった。」（ワイルド『獄中記』）
「自然のなかのものは、そこに無限の美が体現されているから価値があるので、どんなに美しくても、それ以外の価値をもつような特殊な形などは存在しない。林檎の花にしても赤いさんざしの花にしても、そうだ。それらの花に対する私の愛は、無限である。」（プルースト、翻訳『アミアンの聖書』の序）
「私は今でも曠野を歩いていて、えにしだの花に出会うとき、それらの花に対して深い共感の情が湧き起るのだ。私は愛情をこめて、それらをしみじみと眺める。私には、自分がこの花の王、ひょっとしたらその精でないと言い切ることもできないのだ。えにしだの花は、自然界における私の標章なのだ。」（ジュネ『泥棒日記』）
これらの文章は、三つとも、互いに微妙に通じ合うものがあって、非常に近い精神状態をあらわしているのではないかと思う。つまり、自分の肉感を花々に投射することによって、自分を花の同類と認めたいと思う一種のナルシシズム的な感覚である。
わたしには、しかし、自分のナルシシズム的な感覚を花に仮託しようという気持は、ほとんどない。クルティウスのいうように、文学者のタイプにファウナ（動物）型とフローラ（植物）型とがあるとすれば、わたしはむしろ、その中間にあるような気がする。動物のように脂肪にみちた、ぶよぶよしたものは性に合わないし、花のように色彩ゆたかで、汁気が濃厚で、匂いが強烈で、しかもその束の間の生殖過程があらわに透けて見えるようなものには、いらだたしい不安を感じる。

といって、カフカや安部公房氏のように、わたしの嗜好は、砂や石のごとき無機物の絶対的抽象性にまで飛躍するわけではない。わたしの愛するものは、動物と植物の中間に位置する、貝殻や、骨や、珊瑚虫のような石灰質の抽象的なイメージである。このようなものに、わたしは言い知れぬ美を感じる。エロスを感じる。それは精神分析してみれば、多少ネクロフィリア（屍体愛）的な感覚に通じるのではないか、とも思っている。

実際、わたしにとって堪えがたいのは、植物がすぐに枯れてしまうということだ。花の色が日ごとに変り、色が褪せ、ついには汚れて散ってしまうということだ。そのためであろう、花の欲望は性急で、狂おしく、昆虫を誘惑するために汁液や香気をしとどに発散する。植物的という形容詞が、繊細さや弱々しさを表わすために用いられているのは、間違った用法ではないかと思う。

これに反して、貝殻や骨は、いわば生の記憶であり、欲望の結晶である。生はそのなかで、かっちりと凝固し、つややかに光り、歳月に耐えた永遠性を誇っている。わたしはそれを安心して机の上におくことができる。ちょうど中世の学僧が、好んで人間の頭蓋骨を机の上において眺めていたように。

植物の領域でも、わたしの好きなものは、つやつやした大きなドングリだとか、マロニエの実だとかいった、堅い皮につつまれた、美しい光沢のある、掌のなかに握れるような種類の果実である。どうしてそんなものが好きか、と聞かれても、わたしには答えることができない。たぶん、ドングリを拾ったりビー玉を集めたりした、子供のころの情熱がそのまま消えずに、わたしのなかに残っているのだろうとしかいえない。

しかし、マルセル・プルーストが少年のころ、コンブレーの田舎で、野原の見える窓にひとり凭れながら、そこに農夫の娘の現われることを空想して、孤独による昂奮から、つい窓の外の野生の黒すぐりの葉に、なめくじの跡をつけた（つまり、植物に向って精液をもらした）というようなエピソードは、わたしにも十分に理解できる。『仮面の告白』の主人公は、海のなかに射精した。孤独な少年の欲望が、無意識に自然の方向をめざすのは、きわめて興味ぶかいものがある。いずれも汎神論的、異教的な衝動といえるだろう。

すぐに萎れてしまう運命の生きた花を組み合わせて、オブジェをつくろうなどというひとの心理は、わたしには理解しかねる心理である。そんな虚無に挑戦するような勇気は、とてもわたしにはない。

一種の時間芸術であるという点で、いけばなは音楽に似ているのかもしれない。

わたしがいつも身辺から離さず、掌のなかにしっかり握りしめている植物のオブジェがある。ブライヤーのパイプである。ドングリに似ている。わたしには、このパイプのなかにも、エロスが棲んでいるような気がしてならない。

鏡について

犬や猫に鏡を見せると、彼らは鏡に映った自分の姿を敵と間違えて、うなり声をあげたり、あるいは自分の姿を仲間と思いこんで、ふしぎそうに鏡のうしろ側をのぞきこんだりする。おそらく、大昔の原始人が、沼や泉の水に映った自分の姿をはじめて見た時も、この犬や猫と同じような畏怖の感情、あるいは奇異の念をおぼえたことであろうと思われる。ギリシア神話の美青年ナルシスが、泉の水に映った自分の姿に恋をして、ついに水のなかに身を躍らせ、溺れ死んで水仙の花になったという物語は、みなさんも御存じであろう。

私たちは今日、鏡といえばガラスの鏡をただちに思い浮かべるが、ガラスの鏡より以前には金属の鏡、そして金属の鏡より以前には、自然界にそのまま存在する水の鏡があったわけである。

鏡に神秘な霊力を認める信仰は、世界中にひろく分布しており、その信仰の基盤には、おそらく原始人の鏡に対する畏怖感があったのであろう。鏡にまつわる神話や伝説や習俗は、世界中に数限りなくあり、いずれも鏡を神秘なものと見なす点で共通しているのだ。鏡の面には必ず蓋をしておくという習慣があったのも、鏡に対する怖れの感情をよくあらわしている。

たとえば日本では、伊勢神宮に祭られている八咫鏡《やたのかがみ》は、天照大神をあらわす神体であって、太陽の象徴なのである。太陽が万物を隈なく照らすように、鏡はすべてのものを映し出し、正邪善悪を判別するのである。だから心の汚れた者は、鏡を怖れなければならない。鏡は女の魂だという信仰も、ここから来ているのであろう。越後の「松山鏡」の伝説は、ある少女が、母から形見にもらった鏡に映る自分の姿を、母と信じて慕ったという悲しい物語である。

一方、グリム童話集に収録されたドイツ民話「白雪姫」の物語では、器量自慢の腹黒い継母が、毎朝、魔法の鏡を眺めて、「鏡よ鏡、世界中でいちばん美しいのはだれ？」と問いかける。鏡が「それはあなたです」と答えれば、彼女は満足するのである。これも鏡の魔力を一つのテーマとした物語だ。

中国では、鏡は美術工芸品として発達し、もちろん当時は金属鏡であるから、その丸い背面のデザインにとくに工夫が凝らされるようになった。現在までに発見されたところでは、紀元前六世紀ないし五世紀のものがもっとも古いとされている。丸い鏡背のまんなかの、手で持つための把手は、鈕《ちゅう》と呼ばれ、その周囲に、さまざまな動物だの唐草だの銘文だのといった、美しい複雑な装飾文様がほどこされた。そして唐代には、鏡背に象嵌《ぞうがん》や螺《ら》鈿《でん》などの特別な技巧を凝らした、いわゆる宝飾鏡がつくられたが、これら唐代文化の粋ともいうべき豪華絢爛たる鏡のなかには、奈良時代の日本に渡来し、正倉院御物として現在に伝わっている逸品もあるのである。

鏡にまつわる信仰や伝説は、中国にも数多く、たとえば鏡を所持していると家が富み栄え、商売が繁昌し、長寿を約束されるといったようなものから、さらに悪魔の正体を見やぶる鏡、妻の不貞を発見する鏡、暗い室内を照らす鏡、万病を治癒せしめる鏡、盗賊除けの鏡、人の心の内部を照らす鏡など、ふしぎな効能をもった各種の鏡もあった。

日本の上代の古墳から発見される銅の鏡は、やはり中国から渡来したもので、当時の富裕な豪族は、これらの鏡を財宝としてもっとも珍重したものであった。もちろん、やがて日本でも、舶来品を模造した独特な鏡がつくられるようになり、とくに平安から鎌倉時代にかけての、草花に蝶や鳥などをあしらった、純日本的な絵画風な図柄を示した鏡などは、まことに優雅な美しいものである。

ヨーロッパでも、最初の鏡は金属（銅あるいは青銅）の鏡である。すでにエジプトやギリシアに、装飾のある長い柄のついた、丸い美しい手鏡があった。アルキメデスが凹面鏡の焦点を利用して、ローマの戦艦を焼いたという伝説のなかの鏡も、じつはガラスの鏡ではなくて銅の鏡だったわけである。ギリシア神話の英雄ペルセウスは、海の怪物メドゥーサを退治するとき、この怪物に睨まれると石になってしまうので、鏡のように磨きあげた青銅の楯の表面に映った像をたよりに、首尾よく目的をとげたといわれている。

ガラスの鏡がはじめて製作されたのは、十四世紀のヴェネツィアにおいてであった。ヴェネツィアでは、すでに八世紀ごろから、教会や諸侯のために、窓ガラスやステンド・グラスを製造していたので、板ガラスの製造技術は他の国よりもはるかに進歩していた。だから水銀アマルガム法が発明されると、現代の鏡とほとんど変らない、きわめて優秀な性質の鏡がつくられるようになったわけで、ヴェネツィアから各国にさかんに輸出され、この町の商人は、ヨーロッパ中の鏡を一手独占販売して、巨万の富を積んだのである。

ルネッサンス当時のイタリアやフランドルの絵画を見ると、よく画面に丸い凸面鏡が出てくるが、このころの金持の市民たちは、実際、室内装飾として好んで凸面鏡を壁にかけておいたものらしい。それは室内を実際以上にひろく見せたり、妙な形に映像をゆがめたりするという、彼らにとってきわめて面白い効果を示す装飾品だったのである。

十七世紀になると、鏡の製造技術はフランスで栄え、あのルイ大王のヴェルサイユ宮殿の有名な「鏡の間」が実現された。ヨーロッパ各地の諸侯がこれを範として、ヴェルサイユをまねた宮殿を造営したが、なかでも桁はずれに豪華なのは、あの狂気のバヴァリア王ルドヴィヒ二世が建てさせた、ヘレンキームゼー城の巨大な「鏡の間」であろう。これはヴェルサイユのそれよりもっと大きくて、つなぎ合わせた鏡は高さが十メートル、赤い大理石で縁どられ、奥行百メートルの大広間の壁面いっぱいに張られていたというから、大したものだ。日本の赤坂離宮もヴェルサイユ宮殿を模倣したバロック風建築で、やはり豪華な「鏡の間」がある。

鏡の話題でもう一つ、忘れてならないのは、歴史の本や道徳の本を「鏡」(「鑑」と書いたほうがよいかもしれない)と呼ぶ習慣があったことである。この習慣は、日本にも、中国にも、またヨーロッパの中世にもあった。人間の心や世界の状態を映し出す書物だから、「鏡」と呼ぶのであろう。日本の『大鏡』や『増鏡』や、中国の『資治通鑑』などみなさんも御存じであろうが、ヨーロッパの中世には『歴史の鏡』『神学の鏡』『自然の鏡』から、さらに『貴婦人の鏡』と称する教養書まであった。

詩人ジャン・コクトーのつくった映画『オルフェ』では、オルフェが死んだ妻ユーリディスをたずねて、鏡のなかを通り抜けて地獄へ降りてゆく。つまり、ここでは鏡は、現実世界と地獄(非現実の世界)とをむすぶ秘密の通路なのだ。たしかに、私たちも鏡を見つめていると、なにか異次元の魔法の世界を見たように感じ、鏡のなかに身体ごと入ってゆけば、つい向うには、この世ならぬ夢幻の世界がひらけているのではなかろうか、と思ってしまうことがしばしばある。

小さな箱のような部屋に閉じこめられて暮らしている現代人にとって、鏡は、夢幻的な世界への脱出のための通路であろう。とくに団地のアパートなどで生活しているひとにとって、大きな鏡で室内を明るく広く見せる工夫は、さぞかし楽しいものであろうと思う。部屋の壁をいろんな種類の鏡で飾ってみるのも一興であろう。現代人は、中世人の知恵に負けないように、もっともっと鏡を利用すべきだとつくづく思う。

匂いのアラベスク

ボードレールは、とりわけて匂いの感覚に敏感だった詩人のように思われる。当時のロマン派詩人にとって、きわめてエキゾティックな印象をあたえるものだったらしい（香料は東洋原産が多いから）さまざまな香料の名前を、その詩のなかにボードレールはよく使っている。たとえば、名高い「照応」という詩には、

幼児《おさなご》の肌《はだえ》のごとく爽やかに、木笛《オーボア》のごとく
和やかに、牧場のごとく緑なる、馨あり。
——また、饐《す》えたる、豊かなる、誇りかなる馨は、
龍涎、麝香、安息香、燻香のごとく、
限りなきものの姿にひろがりゆき、

精神《こころ》と官能《にく》の悦びの極みを歌う。

（村上菊一郎訳）

とある。ここに出てくる龍涎と麝香に、さらに霊猫香、海狸香をつけ加えれば、古来から知られた動物性の四つの香料は、すべて出揃うことになる。

龍涎《アンバー》は、抹香鯨の腸管内に生成される灰白色の凝固物で、鯨の常食とするイカの嘴や甲殻類の殻などが、不消化のまま溜まって変化したものだといわれている。麝香《ムスク》は、チベット地方に産する雄の麝香鹿の香嚢から、霊猫香《シベット》は、アフリカ産の麝香猫の分泌物から、また海狸香《カストレウム》は、カナダ産のビーバーの分泌物から、それぞれ採取した香料である。安息香は植物性の香料で、マレーやスマトラに天然に産する一種の樹脂であると思えばよい。考えてみると、人間はずいぶん妙なものを珍重してきたわけである。

宝石などもそうだが、それ自体では人間の生活に何の役にも立たない奇妙な物質が、ただ視覚や嗅覚に快い作用をおよぼし、しかも産出量がごく少ないというだけの理由で、純粋な価値として考えられてきたのはおもしろいことだと思う。エジプトの昔以来、二十世紀の今日にいたるまで、宝石と香料ほど、多くのひとびとに羨望の念をいだかせてきたものはない、といえるだろう。

＊

やはりボードレールの詩に、「髪の毛」というのがある。これは、詩人の愛人であった黒白混血のジャンヌ・デュヴァルという女を歌ったもので、

環に捲く髪の生え際の絨毛《にこげ》の岸に、椰子の実の
油と、麝香と、瀝青の　入り混りたる濃き香、
烈しく　われは　酔い痴れに痴る。

（鈴木信太郎訳）

という詩句を見ても分る通り、詩人が女の髪の毛に顔を埋めて、そこから漂ってくる彼女の生まれ故郷の南国の香を、深々と味わったことを歌ったものである。愛人の髪の毛の匂いに触発された詩人の空想は、アフリカに船出する船や港の情景まで、心のうちに思い描く。一般に、匂いが私たちの連想作用を強く刺激するのは、よく知られていることであろう。

＊

髪の毛による匂いの連想を歌って、もっとも成功していると思われるのは、堀口大学氏の名訳によって日本でもよく知られた、レミ・ド・グールモンの「毛」という詩であろう。訳者の堀口氏の意見によると、この「毛」は髪の毛ではなくて、身体のべつの部分の毛だそうであるが、私には何とも断言いたしかねる。一部を次に引用してみよう。

シモオン　お前の毛の林のうちに
大きな不思議がある
お前は　乾草の匂いがする
お前は　獣が寝たあとの　石の匂いがする
お前は　鞣革《なめしがわ》の匂いがする
…………
お前は　花をいっぱいにつけた時の
柳と菩提樹の匂いがする
お前は　蜂蜜の匂いがする

…………

お前は　いろごとの匂いがする
お前は　火の匂いがする

性科学者のハヴェロック・エリスも認めているように、匂いのフェティシズムは、とくに腋の下や髪の毛などといった、発汗する部分に結びついているものらしい。嗅覚による性的満足には、「オゾラグニー」という言葉もあるようである。これについては、次のような古典的なエピソードを御紹介しておこう。

十六世紀のフランスの話である。――ナヴァル王とマルグリット・ド・ヴァロワの結婚を祝って、宮廷で舞踏会が行われたとき、未来のフランス王アンリ三世（当時はアンジュー公であった）は、たまたまダンスに疲れて、休憩室に休みにいった。休憩室には、宮廷で評判の美人であったマリー・ド・クレーヴが、たったいま、着替えて脱ぎすてていったばかりの、汗にまみれた彼女の下着が置いてあった。アンリ三世は何にも知らずに、その下着をつかんで、額の汗をふいたのである。そして、その下着に沁みこんでいた汗の匂いに、陶然としたのである。それからというもの、アンリ三世はマリー・ド・クレーヴにぞっこん恋い焦れるようになってしまった！

＊

匂いの連想作用を利用して、夢のなかで好きな女とランデヴーするという、変った実験をこころみた男もいる。十九世紀フランスの東洋学者で、かつ夢の研究家であったエルヴェ・ド・サン・ドニ侯爵がそれである。

この侯爵は、自分の好きな女の絵を描きながら、イリス根という芳香性物質（鳶尾《いちはつ》の根茎を乾燥した薬品）を口にふくんで、女のイメージと匂いとを結びつけるための練習を何度も繰り返したのだった。つまり、パヴロフのいわゆる条件反射によって、イリス根の匂いがすれば、必ず女のイメージが心に浮かぶような訓練を積んだわけである。そうしておいて、ある夜、自分が眠ったとき、誰かに頼んでおいて、このイリス根をそっと口のなかへ入れてもらった。実験は大成功で、彼は首尾よく夢のなかで、好きな女に会うことができたそうである。

このイリス根という香料は、ギリシアの昔から用いられていた香料で、娼婦がお化粧のために使ったという。「顔と胸のためにはパーム油、眉毛と髪には花薄荷、喉と膝には立麝香草のエキス、腕には薄荷、脛と足には没薬」というきまりがあったそうであるが、さて、イリス根は、どこの部分に使われたのであろうか。

フランス十九世紀の作家ユイスマンスの小説『さかしま』に出てくる主人公のデ・ゼッサントという男は、これまた飛びきり変った人物で、ありとあらゆる香水の原料をコレクションし、どんな微妙な匂いでも嗅ぎ分ける技術に熟達していた。自分で原料を調合して、新しい種類の香水を発明するというほどだから、驚くべき香水マニアである。そればかりではない。

「彼は噴霧器をもって自分の部屋に、アンブロジア、ミッチャム・ラヴェンダー、スイートピー、葡萄酒香などから成るエッセンスを撒布した。これは芸術家の手によって蒸溜されると、『花咲ける牧場のエキス』という、まさにその名の通りの効力を発揮するエッセンスである。この人工の牧場に、さらに彼はオランダ水仙、オレンジ、巴旦杏などの正確な混合液を加えた。と、たちまち人工のリラの花が咲き出で、菩提樹の葉が風にそよぎ、ロンドンの科木《しなのき》のエキスをもって模した、その仄かな青色の発散気が地上を這うのであった。」

こんな風に、自分の好みのままに、春の牧場の雰囲気やら、夏の高原の雰囲気やら、あるいは秋の野山の雰囲気やらを、エッセンスの調合によって、自由に現出させることがで

＊

きたとすれば、どんなに楽しいことでもあろう。ただし、小説のなかのデ・ゼッサントは、あんまり夢中になって香水の調合にふけったために、ついに神経がおかしくなって、失神してしまうのである。

＊

ドイツの名高い考古学者フルトヴェングラーが、ミュケーネ時代の王の墓を発掘していたとき、彫刻のある石棺の蓋をとったところ、中から馥郁たる香が立ちのぼってきたというようなエピソードも、私たちの夢想を楽しく掻き立てる。三千年もたっているのに、その香はまだ消えていなかったのである！

歴史に出てくる有名な女王さまのなかで、もっとも香料や香水を愛した贅沢な女王さまの名前を三人あげるとすれば、まずその第一は、エジプトのクレオパトラ女王、第二は、イギリスのエリザベス女王、そして第三は、フィレンツェのメディチ家からフランス王家に嫁に行った、あのカトリーヌ・ド・メディチではなかろうか、と思われる。

古代エジプトで香料の研究が非常に発達したのは、ミイラを製造する時に、香料が必要欠くべからざるものだったからだといわれている。アレクサンドレイアの町には、多くの香料工場があったそうである。ボードレールがあこがれたように、たしかに東洋は昔から豊かな香料の国であった。没薬、サフラン、肉桂、白檀などは、このころからすでに用いられていた。

クレオパトラで有名なのは、熊の脂肪でつくったポマードであろう。また、彼女がローマの英雄アントニウスを迎えるとき、濃厚な麝香の香を全身に焚きこめていたというのも、よく知られたエピソードである。恋の手管のために、彼女がエジプト独特の香料を最大限に利用したであろうことは、想像するにかたくない。

＊

主君殺しの大罪を犯したマクベス夫人が、ついに良心の呵責のために気が狂い、最後の第五幕で、自分の手を見つめながら、「まだ血の匂いがする。いくらアラビアの香水をふりかけても、この手は気持よくなりそうもない。おう、おう、おう」と嘆くところは、誰でも知っている有名な場面である。当時、アラビアの香水というものが、いかに珍重されていたかを示す、これは恰好な一例であろう。アラビアといっても、ここでは東洋一般をさしていると考えてよい。

＊

処女王といわれたイギリスのエリザベス女王は、大へんな薬学マニアで、自分でフラスコやランビキの底をのぞきこんでは、薬物を調合して楽しむ趣味があった。女王さまの健康を守るために、六人の外科医、三人の内科医、三人の薬剤師がついていたというから、ずいぶん豪勢なものである。

女王が発明した香水は、「ハンガリー・ウォーター」という名前で知られているが、これは最初のアルコール香水だという。そのほか、女王の発明した薬には「健脳興奮剤」というものがあり、これは琥珀、麝香、霊猫香を薔薇精に溶解したものであった。しかし、これでは頭のはたらきを活潑にするよりも、むしろ患者を芬々たる香気につつみこんでしまうにちがいない。女王はこの自慢の薬を、錬金術に夢中になっていたプラハの神聖ローマ皇帝ルドルフ二世に贈っている。

当時は、あやしげな錬金術と化学とが、まだはっきり分れていない時代だった。だから香水製造などといっても、その原始的な蒸溜や調合の方法は、魔女が大釜の中でぐつぐつ煮る、媚薬や毒薬の製法と似たようなものだったと思って差支えないのである。

ひどく迷信ぶかい病的な気質の女で、しばしば黒ミサにふけったり、占星学者や魔術師に頼んで、子供のできる魔法の水薬を調合してもらったりしていたカトリーヌ・ド・メディチが、大の香水愛好家であったとしても不思議はなかろう。彼女もまた、英国のエリザベスと同じように、魔術に凝り固まっていた息子たちと一緒に、実験室で練香油や香水をさかんに製造したのであった。おそろしい勢いでフランスに香水が流行しはじめるのは、彼女から以後のことである。

そして、フランスにおける香水流行の絶頂期は、あの太陽王ルイ十四世の時代からロココ時代へかけてであった。あまりに発展しすぎて濫用の結果、人体に悪影響をおよぼすと見られて、ルイ十四世時代の末期には、一時、その使用が禁止されたほどである。フランス革命以前、マリー・アントワネットがもっとも好んだのは、スミレや薔薇などの花の香だったという。

*

香水は、もともと特権階級の用いる贅沢品だから、それが女王さまの名前とむすびついていたとしても不思議はない。もう一人、フランス革命後の大へんな香水愛好者の名前をあげるならば、どうしてもナポレオンの妃のジョゼフィーヌ・ド・ボーアルネを逸するわけにはゆくまい。

彼女のお気に入りの香水は、強烈な寝室用の麝香であったが、ナポレオンは、十八世紀の初めにドイツのケルンでつくられたオーデコロン（御存じのように、「ケルンの水」という意味である）をパリに輸入して、これをジョゼフィーヌにあたえたという。もしかしたら、ナポレオンは、夜ごとに悩まされる濃厚な麝香の匂いにうんざりして、もっと淡泊なオーデコロンを彼女に使わせようと思ったのかもしれない。ジョゼフィーヌ以来、オーデコロンはパリで大いに流行したということになっている。

玩具考

オーギュスト・コントの発見した人間精神の三段階の法則は、玩具の発達の歴史を眺めた場合にも、ほぼ、ぴったり当てはまるように思われる。すなわち、最初は「神学的状態」であり、次は「形而上学的状態」であり、最後は「科学的状態」である。

たとえば、もろもろの玩具のなかで、おそらくいちばん最初に考案されたにちがいないと思われる、人間や動物のすがたを象った人形を例にとってみても、それらが古代エジプトやバビロンにおいては、もっぱら貴族の墳墓のなかから発見される副葬品であったという点に、注意されたい。日本の埴輪土偶とおなじく、玩具はもと、葬儀のための奉納物であったと信ずべき節がある。むろん、人間のすがたを象った人形には、霊があると考えられていたでもあろう。「神学的状態」とは、要するに、これをいう。

人形が小児の玩具になったのは、人形に対するアニミズム的な畏怖の感情の拭い去られた後の時代のことであったにちがいない。

　文明とともに、機械崇拝の思想が新たに玩具に結びつく。素朴な蒸気機関や圧搾ポンプや、バネや歯車装置は、実用機械とともに玩具の性格をも一変させた。機械が、人間の手脚となって働くばかりでなく、機械そのものの自立的な世界（つまり新たな玩具の世界）をも成立させるものであるということに、人間はようやく気がつくのである。生きた自然の活動する姿に対抗して、この機械は、ひとつの宇宙ともいうべき独立した精神世界を保持しようとする。矛盾にみちた無秩序な自然現象よりも、はるかに分別があり、法則があり、整然たる運動を展開するのが、すばらしい機械の世界であった。機械は驚異、魔術と同義語になった。

　こうして、フランス十八世紀ロココ時代の天才的な機械学者ジャック・ド・ヴォーカンソンは、あたかも「賢者の石」により黄金を製しようとする錬金道士のように、機械という、ひとつの絶対精神の燃えたぎる坩堝《るつぼ》のなかから、全自然の構成物を造り出そうと試みたのである。機械によって、森羅万象を模倣しようと企てたのである。むろん、この彼の壮大な企図は、大方の錬金道士のそれと同じく、中途で挫折せざるを得ない性質のものであったけれども、有名なアヒルの玩具をはじめとして、多くの精巧な自動人形が彼の工房から誕生することになった。これが、玩具の歴史における「形而上学的状態」にあたる。

日本でも、平賀源内や久留米の「からくり儀右衛門」は、民衆の畏敬の的となりつつ、かなり複雑な機構による自動人形を造っていることを、御承知の方もあろう。

ところで、現代のわたしたちは、人間の必要、人間生活の安楽のためにしか、もはやオートマティズムを利用しようとは考えない。機械崇拝の思想は、すでに崩壊し、オートマティズムもまた、コントのいわゆる実証的な段階に入ったといえる。大工場では、役に立つものだけが製造され、分別のある大人は、玩具などという無益な形而上学的なものには、すでに情熱を燃やさないようになってしまった。これが最後の「科学的状態」である。

＊

玩具は、現代では、完全に子供のものになってしまったらしい。そして玩具の形而上学もまた、失われてしまったように見える。

現在では、逆に玩具らしくない玩具、精巧な電気仕掛やリモート・コントロールの常識をあえて破るような種類の、いわば古き魔術の理想をとどめた玩具が、からくも、わたしたちの興味を惹き得るものといえるかもしれない。なぜなら、オートマティズムと電化の世界は、すでにわたしたちの日常的な現実だからである。

シュルレアリストのさまざまなオブジェや、カルダーのモビールや、ジャン・ティンゲリーの廃物利用の「動く彫刻」などが、ここで想い出されるだろう。たしかに、そこには機械そのものが成立せしめる、日常的な現実とは完全に独立した、自立的な精神世界があるようだ。さらにまた、古き魔術の理想すら、ほの見えるようだ。しかし、近代の反芸術はやはり芸術の範疇に属するものであって、これをただちに玩具のそれと同一視することは、少なくともわたしの感覚では大いにためらわれるのである。

むしろ、わたしは、昔のアニミズムを復活させた、ドイツの超現実主義者ハンス・ベルメールのエロティックな「関節人形」に注目したい。これは芸術の正統から最も遠いものであり、玩具の無道徳、無倫理に最も近いものであるといえる。

エジプトの墳墓に副葬された、女のすがたを象った人形のなかには、足のないもの、あるいは足に鎖をはめたものがあったという。これは、人形をして墓から逃げ去らしめないための処置であろうと見られており、ここから、人形には霊があると信じられていたことが、学者によって説明されてもいる。霊のある人形は、恐怖の対象であり、神聖なオブジェであって、みだりにもてあそんでよいものではあり得なかった。ということは、それが同時にエロティックの対象でもあったということを示していよう。（ベルメールの人形は、鎖のかわりに、靴下をはいていることがある。）

神聖や恐怖の感情がもはや有効性を失っている現代においては、人形の純血種を保証するものは、わたしには、エロティシズムのみではなかろうかとさえ思われる。そして玩具における古き魔術の理想は、これまた、ある種の人形にしか発見できないのではないかとさえ考えざるを得ない。

レオナルドを俟つまでもなく、玩具を愛好する人間のナルシシズムは、フロイトの精神分析学理論から、ただちに類推することも可能であろうが、象牙で造った女の像に恋をした、キュプロス王ピュグマリオンの伝説などを考え合わせれば、それがむしろオナニスト的気質の人間の嗜好に近いことも、容易に推察されるはずであろう。玩具愛好、つまり「物体愛」は、まぎれもない肛門期的小児性愛の徴候と見なすこともできよう。

＊

「あなたはもし、博物館の片隅なぞで、ふと古めかしい人形に出あって、そのあまりの生々しさに、なんとも知れぬ戦慄をば感じなすったことはないでしょうか。それがもし女児人形や稚児人形であった時には、それの持つ、この世のほかの夢のような魅力に、びっくりなすったことはないでしょうか。あなたはおみやげ人形といわれるものの、不思議な凄味を御存じでいらっしゃいましょうか。あるいはまた、往昔、衆道のさかんでございました時分、好き者《しゃ》たちが、なじみの色若衆の似顔人形を刻ませて、日夜愛撫したという、あの奇態な事実を御存じでいらっしゃいましょうか。」

これは江戸川乱歩の短篇『人でなしの恋』のなかの一節であるが、人形というものの不思議なエロティックな魅力について、みごとに語られている。

短篇『人でなしの恋』の粗筋は、ある旧家の美貌の憂鬱質の息子が、結婚しても細君に本当の愛情を感じることができず、夜ごと、ひとりで土蔵の二階に閉じこもって、身のたけ三尺あまりの美しい浮世人形を相手に、いわゆる「人でなしの恋」「この世のほかの恋」をささやくという、きわめて神経症的、病理学的な物語である。事情を知った細君がこっそり土蔵にしのび込んで、嫉妬に駆られるまま、人形を滅茶滅茶に叩きつぶしてしまうと、この男は、絶望のあまり、人形のあとを追って自殺してしまう。ピュグマリオン伝説の現代版というわけである。同じように、人形に恋して身をほろぼす若者の話は、ジョン・コリアの短篇（『特別配達』）にもある。

人形について書くべきことは多いが、もうひとつ、中国で、子供のかわりに人形を愛撫する習俗があることを御報告しておこう。

中国の名山として名高い泰山の玉女を祀った祠堂に、娘娘廟というものがある。いわゆる求児の祈願を叶えるといい、廟のなかの女神像の周囲に、大小の人形（二、三寸より時には一尺以上のもの）がある。土製のものもあれば、陶製のものもあり、子を求めるひとは、それらの人形のなかから希望のものを選び、赤い紐をつけて縁結びとし、もらい受けて、家へ連れて帰る。その後、首尾よく子供ができた時には、娘娘廟に新しい美しい人形を返すのである。連れて帰った人形は、天津地方では、実の子のごとく遇する。帽子、着物、靴をあたえ、毎日、お茶や食事を供え、家族の一員として生活させる。連れ帰った年をもって生まれた年と見立て、年々少しずつ大きな人形と取り替えてゆく。そのため、専門の人形屋で作り替えてもらう。

実際に子供が生まれると、その人形は兄となり、子供の誕生日には、兄として礼を受ける。子供が成長して結婚した場合は、新婦は人形に対して義兄としての礼をつくす。新婦に子供が生まれれば、人形は伯父さんと呼ばれる。

南満州の一地方では、人形は寝室に置かれ、婦人がこれと同衾すれば、人形の気を受けて懐胎するという。

数年前、テレビで、さる京都の子供のない老夫妻が、等身大の人形を実のわが子のように、まるで生きているかのように、汽車にのせて旅行に連れて行ったり、話しかけたり、食事をあたえたりして、愛し育てているということが報ぜられていたが、これも妙に印象に残るエピソードである。

画家オスカール・ココシュカの人形のエピソード（拙著『エロスの解剖』「オナンの末裔

たち」参照）や、近松門左衛門の『虚実皮膜論』中の人形のエピソード（拙著『夢の宇宙誌』「玩具について」参照）も、併せて、ここに想い出すべきであろう。

玩具とは、本質的に子供の領分に属するものである。玩具や人形を愛する大人もまた、多かれ少なかれ、その幼児型性格を覆い切れないものである。子供の世界の汎性欲主義は、そのまま玩具や人形の世界の汎性欲主義に通じる。

ホフマンやリラダン、ポーやボードレール、ジュール・ヴェルヌやチャペック、ジョルジュ・メリエスやアルフレッド・ヒチコック、谷崎潤一郎や江戸川乱歩、稲垣足穂や安部公房、――これらの玩具好きの作家の精神分析は、興味ある課題といわねばなるまい。

マンドラゴラについて

中世のあいだ大いに珍重された、ヨーロッパの有名な媚薬にマンドラゴラという植物がある。この植物にまつわる多くの奇怪な伝説を、以下にお話しよう。

まず、ジャンヌ・ダルクの物語からはじめたい。聖霊のお告げによって、故郷ロレーヌの村を去り、フランス皇太子シャルル七世に拝謁し、六千の軍隊を授けられてオルレアンの囲みを破り、祖国をイギリス軍から解放した愛国少女ジャンヌ・ダルクの名前は、むろん、読者もよく御存じであろうが、のちに彼女が女妖術使として捕えられ、宗教裁判により異端の宣告を受け、やがて火刑に処せられた時の、裁判所側の告発状によると、このオルレアンの少女は、つねにマンドラゴラを身につけていたというのである。

パリ大学の神学者たちが起草した、ジャンヌに対する手きびしい告発状には、次のように書かれた箇所がある。すなわち、「前記のジャンヌは、しばしば乳房のあいだにマンドラゴラを隠し、もって世俗的な富を手に入れんと希求せり。彼女はこのマンドラゴラなる植物に、かかる効能あることを断言して憚らざりき」（ピエール・シャンピオン『ジャンヌ・ダルク訴訟記録』より）と。

つまり、彼女を告発した神学者たちの意見によると、ジャンヌが予言の能力をもっていたのも、大ぜいの兵士たちを惹きつける統率の才にめぐまれていたのも、また、戦場での奇蹟的な勝利をかち得ることができたのも、すべて、マンドラゴラの魔法の力による結果だというのである。ジャンヌが故郷の村で聞いた「聖霊の声」というのも、彼らの意見によれば、マンドラゴラの発する人間の声でしかなかった。要するに、ジャンヌはマンドラゴラの魔力を用いて善良な民衆をまどわし、イギリス軍を苦しめた憎むべき女妖術使にほかならない、という結論である。

これによってもお分りの通り、ふしぎな効能をもつ植物マンドラゴラは、中世において、妖術信仰の歴史と密接に結びついていた。それは一種の万能薬で、これを手に入れた者は、神秘な魔法の力を賦与される、というのであった。

こんなエピソードがある。名高いオランダの鬼神論者マルティン・デルリオが、一五七八年、税務署に差押えられた、ある素姓のあやしい学者の蔵書をしらべていると、書物や綴じ込みのあいだから、人間の形をした小さなマンドラゴラの根がひょっこり出てきた。

「さては、この学者は妖術使だったのか！」というわけで、まわりの者は色めき立った。しかるにデルリオは、すぐさまマンドラゴラの身体を二つにぽきんと折り、その腕をねじ曲げ、その脚を引き裂くと、これを火の中へほうりこもうとした。その場に居合わせた彼の弟子たちは、いずれも聖職者志望の若い神学生だったけれども、師匠の大胆さに恐れをなし、「そんなことをして、先生、もしもおそろしい禍いがやってきたら、どうなさいます」と口々に言い立てた。

ところが、デルリオは平然たるもので、「お前たち、こわければ、この部屋を出て行くがよいぞ」と笑って言うなり、その人間の形をした奇妙な木の根っこを、無造作に煖炉の火の中へほうりこんでしまったのである。そして、「わたしには、木の根の燃える焦げくさい臭い以外には、なにも感じられないね」とうそぶいたという。

これは十六世紀の話であるが、この時代になっても、まだマンドラゴラの不吉な評判は、無知なひとびとの恐怖心を煽り立てていたものと見える。

＊

ナス科に属する有毒植物マンドラゴラは、ベラドンナに似ているが、その根が人間の脚のように二股に分かれ、多肉質で、表面に軟毛が生え、なんとなく人間の形状を思わせるグロテスクなところがあったので、昔から、いろんな神秘な伝説と結びつけられたのであろう。ペルシアからギリシア、さらに地中海沿岸諸国へと伝わったものらしく、古代人は、これを催眠麻酔飲料として用いたらしい。

また、その根の二股に分かれた部分に、しばしば男根のような突起物があったり、女陰のような裂け目があったりしたところから、この植物の形体にエロティックな寓意をこめ、これを媚薬ないし強精催淫剤として好んで利用する向きもあったようだ。ヒポクラテス、プリニウスなどの本に、そのような使用例がたくさん出ている。

さらに、不妊の女にこれを飲ませると子供ができるという説も古くからある。旧約聖書の「創世記」に、美人で石女《うまずめ》のラケルが、その姉レアの子供の多いのをうらやみ、マンドラゴラを用いて首尾よく妊娠するという話が出ている。すなわち、レアの子ルベンが、麦刈の日に野原で恋茄《こいなす》（マンドラゴラ）を見つけ、採って帰って母に与える。するとラケルがレアに、あなたの息子のマンドラゴラをぜひ欲しいという。レアが「夫を奪った上に、また息子のものをも奪う気か」となじると、ラケルは「そのかわり今夜は夫を貸そう」という。やがてラケルは、ふしぎな恋茄の効能によって、ヨセフという男の子を産み、「ああ、神様がわたしの恥辱をそそいでくださった」と天に感謝する。

ウプサラ大学の植物学者オラウス・セルシウスの『神聖植物誌《ヒエロボタニコン》』（一七四五年）によると、

その後、ラケルの墓のまわりには、おびただしいマンドラゴラの群が繁殖したという。また、野原でこの植物を見つけたルベンの一族は、それ以来、先祖の偉業を記念するために、マンドラゴラをあらわす象徴的な人間の形を、その一族の旗に縫い取りするようになったという。

ボロニアでは、このラケルの方法が昔から知られていて、多くの婦人たちがひそかにマンドラゴラを愛用していたらしい。ローランス・カトラン（十七世紀初めのひと）の意見によると、「マンドラゴラの根は、男の精液より以外のものではない」そうだ。だから不能者や腎虚した男がこれを服用すれば、めざましい効果があるともいう。

中世の動物誌として名高いブルネット・ラティーニの『百科宝典』（一二六五年ごろ）には、このマンドラゴラを食う象の話が出ている。おもしろいから、次に紹介しよう。――象という動物は、きわめて考えぶかく賢い獣であって、あまりに一つの物事に思念を凝らしすぎる結果、往々にして、子供を産む意欲を失ってしまう。そうした場合、象は牝を伴なって、東洋の神秘な森へ行く。そこは地上の楽園であって、マンドラゴラと呼ばれる草が生えている。牝はこれを見つけると、自分も食い、牡にも食わせる。そうすると、やがて二匹はむらむらと意欲が湧いてきて、交尾するのである。

交尾後、牝は乳房まで河のなかに浸って、一匹の子供を水中に産み落す。これは、象の子を食ってやろうと待ちかまえている、兇暴なドラゴンの襲撃を避けるためだ。象が子供を産むのは、一生に一度だけであって、彼らは四百年も長生きする。——こんな奇想天外な寓話のような話が、中世の動物誌には、いっぱい出ているのである。

前にも述べたように、マンドラゴラは一種の万能薬で、炎症や充血を除去するための罨法にも用いられれば、膿瘍、瘰癧、疔などのような腫れものにも効き目をあらわす。蛇に咬まれた傷や、打撲傷にも有効で、また酢のなかに漬けて塗布すれば、丹毒にも効く。さらに衰弱症にも、斜頸（先天的に頸が一方に傾く病気）にも効くという。このようなすぐれた医学的効能について仔細に述べているのは、学識高い十二世紀のビンゲンの尼僧ヒルデガルトである。

肉体の病気のみならず、魂の病気にも効き目をあらわしたというから、まるで夢のような話である。憂鬱症とか、神経性の吐き気に効く。十六世紀ナポリの博物学者バティスタ・デラ・ポルタの『植物晷針《フィトグノモニカ》』（一五八八年）によれば、とくに「秋の霧ふかい暗鬱な日に抜き取った」マンドラゴラの根の汁は、吐剤として利用される。

阿片のような麻薬として、刻んだマンドラゴラの葉をパイプにつめ、これを吸飲する者もあったという。十六世紀の学者ピエリウス・ヴァレリアンが『象形文字註解』のなかで述べているように、マンドラゴラの「蒸気の力は、毒と催眠剤との中間にあった」らしく、多量に吸えば中毒して、ついには死を招くことになるが、適度に用いれば、あらゆる苦痛の感覚を忘れた陶酔の人工楽園に遊ぶことができた。

ある少女がマンドラゴラの実を五つ続けて食べたら、顔を真赤にして、気絶して倒れてしまったという話がある。大量の水を彼女の頭にぶっかけてやったら、ようやく意識をとりもどして、立ちあがったという。この話は、十五世紀末の博物誌の書物として最も有名な『ホルトゥス・サニタティス』のなかに出てくる一挿話である。とにかく、うかつに食べすぎると生命の危険を招く、強烈な作用を有する植物だったことは間違いあるまい。

なお、西洋のマンドラゴラに対する信仰ときわめて近いものに、東洋の人蔘あるいは射《や》干《かん》（あやめ科の植物。ヒオウギともいう）に対する信仰があるのを御存じの方もあろう。これもまた、その根が人間の形をしていて、人間のように男女の性別があり、言語を発すると考えられていた。中国晋代の葛洪（三世紀末から四世紀半ば頃までの道家）の著『抱朴子』は、神仙の法を説いた、有名な書物であるが、そのなかにも「人蔘千歳化して小児となる」などという文句がある。また明の李時珍の著『本草綱目』（一五九〇年刊）にも、「人蔘ある処の上には紫の気あり、揺光星散って人蔘となる。実に神草なり。根に手足両目ありて、人の如くなるを以て神となす」という記述がある。

人間の形をした植物が、東洋と西洋とにおいて、全く同じような信仰を生じたことは興味ある現象というべきだろう。

＊

マンドラゴラのふしぎな魔力に関する伝説は、何よりもまず、それが地中から産する生きた物質であるという事実から、説明されるだろう。聖書によれば、植物が生まれたのも、動物が生まれたのも、最初の人類アダムが生まれたのも、すべて土地からであった。成長するもの一切は、大地から誕生すると考えられていた。したがって、地中から出てきた人間のような形をした植物には、なにか神秘な力があるにちがいない、と考えられたのである。

古代の伝説のなかには、農夫が畑を耕やしていると、畑の土のあいだから小さな人間が出てきた、などという話が無数にある。天から降ってきた雨は、土地に生命の発動力を与えるのだ。こうして天と地との結婚から、生命のある物質が誕生すると考えられた。

たとえば、シチリアのディオドロスが次のように書いているのを見られるがよい。

「エジプトのテバイードで、ナイル河の氾濫の後、河の残して行った泥土が太陽の熱に温められると、多くの土地の亀裂から、おびただしい数のネズミが生じた。世界の始まりの時、すべての動物が生み出されたのも、こんな風にしてだったにちがいない」と。

このネズミは（同じくディオドロスの記述によると）動物というよりは植物のような段階にあったらしく、「頭から前肢までの部分は、生きて動いていたけれども、後肢から尾にかけての部分は、まだ形をなさず、ほとんど動いてもいなかった」そうである。

キケロの『占トについて』に出ている話は、ネズミではなくて人間である。すなわち、エトルリアの田舎で、ある農夫が畑をふかく掘り返していると、畑の畝溝のあいだに、なにやら奇態な土くれが動いているのを発見した。びっくりして、よくよく見ると、それは土くれの形を脱ぎ棄て、やがて徐々に小さな人間の形に変って行った、というのである。こうして生まれた小さな子供を、土地のひとびとは「ターゲス」と呼びならわし、ユピテルの子と見なした。

ターゲスは、外観は子供のようだけれども、知能はまさに老人並みで、おそろしく豊富な知識や学問を有し、エトルリア人に占トの法や占星術を教えた、と信じられている。つまり、これは人間の種族ではなくて、土地から直接に産み出された、一種の神の子、妖精だったのである。

ギリシア神話にも、「土地の子《アウトクトーン》」と呼ばれる神エリクトニオスの物語がある。鍛冶の神ヴルカヌスが、女神ミネルヴァを捉えて犯そうとしたとき、女神が武器を手にして身を守ったため、その精液が地に洩れて、そこから醜いエリクトニオスが生まれた。この子供は、生まれた時から下半身が蛇の尾の形をしていたという。

ギリシア神話には、さらにユピテルが熟睡のあいだに精液を地上に洩らし、そこから奇怪な半陰陽の神アグディスティスが生まれた、などという説話もある。しかし、それよりもっと面白いのは、ルイ十四世に仕えたフランスの東洋学者として名高いエルブロ・ド・モランヴィルが書き残している、中世ユダヤのカバラ学者たちの信仰であろう。

カバラ学者たちの聖書解釈によると、神はアダムをエデンの楽園から追い出した後、もうイヴとは絶対に会えないようにしたのである。そこで、孤独のさびしさに堪えかねたアダムは、ある晩、夢のなかで、忘れられないイヴの肉体を抱きしめた。洩れたアダムの精液は、地に落ち、やがてそこから人間の形をした植物が生えてきた。(『東洋全書』一七七七年)

似たようなテーマの話は、ペルシアの神話にもある。すなわち、神によって創られた最初の人間であるガヨマルドは、悪神のために無残に殺される。しかし死ぬ時に、腰から一滴の精液をしたたらせ、それが地中に四十年間とどまり、やがてそこから「リヴァース」という植物を萌え出させる。この植物は、成長すると男女二体の人間になり、それぞれ「マシアグ」および「マシアナグ」と呼ばれる。

このように見てくると、人間の形をした植物マンドラゴラも、要するに、多くの古代神話に共通した「土地の子《アウトクトーン》」の後代における一変種ではなかろうか、と思われてくる。今まで述べてきたように、このマンドラゴラの親類のようなエトルリアのターゲス、ギリシア神話のエリクトニオス、アグディスティス、またペルシア神話の植物リヴァースなどは、いずれも、男神の洩らした精液が地上をうるおし、それによって生じたところの、土地の子供だったのである。

では、いったい、マンドラゴラは、だれの精液から生じた子供であろうか。その母親は大地にほかならないとしても、その父親というべきひとは、はたして、だれであろうか。中世・ルネサンス以後、悪魔学や錬金術や、カバラ哲学などといった、あらゆる異端の学問に思いをひそめてきた邪道の学者たちは、しかし、当然の論理的帰結として、ここにキリストを登場させたのである。

キリストは、悪魔によって「生命の樹」に釘づけにされた、新しき地上のアダムではなかろうか。昔のカバラ学者たちが主張したように、楽園を追われたアダムが夢のなかで洩らした精液から、マンドラゴラに似た植物が生え出たのだとすれば、カルヴァリオの丘で十字架にかけられた、この新しき地上のアダム（キリスト）の断末魔の痙攣による射精からも、やはり同じような植物が誕生すべきではなかろうか。そして、それこそ神秘な医学的効能をもつマンドラゴラではなかろうか。——

　このように、同じことが何度も繰り返して歴史のなかに現われるという考えを、現代ルーマニアのすぐれた神話学者ミルチャ・エリアーデ氏は「祖型と反復」という理論によって説明している。昔のアダムは祖型であり、この祖型はキリストという新しいアダムにおいて、模倣反復されるわけである。祖型とは、ユンクのいわゆる集合的無意識、いわば人類の記憶の底にひそんでいる沈澱物のようなものであって、ふとした機会にも、意識の表面におどり出す。すなわち、反復されるのである。

　むろん、以上に述べたごときキリスト受難劇の解釈は、きわめて瀆神的であり、異端的でもある。そのことをよく承知していたから、マンドラゴラの理論をつくり出した中世・ルネサンスの学者たちは、用心ぶかく、あえて聖書に出てくるキリストのイメージをここに使わなかった。そして古代神話によく出てくる典型的な神々、ペルシア神話のガヨマルドや、カバラ哲学のアダムのような不幸な運命の神々のイメージと、キリストとを同一視して、いわば聖書の記述のパロディー（もじり）のごとき物語、かなり通俗的な、マンドラゴラ誕生の物語をでっちあげたのである。

　それによると、マリアの息子（つまりキリスト）は、ただの淳朴な若者、無邪気なひとりの童貞にすぎない。ただし、この若者の一家は泥棒の血統で、彼の母親のマリアは、かつて息子をお腹に宿していたころ、窃盗の罪を犯したことがある。若者自身には、むろん罪はないのであるが、やがてこの一家の忌まわしい評判が立ちはじめ、ついに彼は民衆に告発されて、裁きの庭に立たされる。そして、あらゆる種類のおそろしい拷問を受けたあげく、とうとう最後に、自分が犯したわけでもない罪の告白をしてしまうのだ。こうして彼は絞首刑に処せられる。ところが、最期の息を引きとった瞬間、彼は地上に精液（あるいは尿）を洩らす。この液体がぽたぽた土中に滲みこんで、やがてマンドラゴラが生まれた、というのである。——この話は、ヤーコブ・グリムの『ドイツの伝説』（一八六五年）にも収録されている。

中世・ルネサンスの神秘哲学者たちが考え出した、マンドラゴラ神話におけるキリストのイメージは、聖書におけるキリストのそれとは大いに違っているけれども、若くて、童貞で、純潔無垢であるという点では、同じである。また、呪われた一族の罪をみずから引き受けるという点でも、磔刑に処せられて死ぬという点でも、同じである。違う点は、自分が犯してもいない罪を告白するというところであろう。これによって、キリストは救世主というよりも、単なる不幸な人類の祖先、新しいアダムというイメージにより近くなるのだ。

しかし、キリストの神聖がマンドラゴラ神話によって、必ずしも損われたというわけではない。磔刑にされた若者がこぼす液体は、ここでは、秘蹟の物質となるのである。「人は水と霊とによりて生まれずば、神の国に入ること能わず」とヨハネ伝福音書にあるけれども、この水とは、キリストの尿にほかならない、と異端の学者たちは主張するのである。罪なくして刑罰を受けた若者の尿は、洗礼の水であり、聖油なのであって、新しい生命を産み出す力がある、とされたのである。

中世の錬金道士たちが、小児の尿をフラスコに集め、これに栄養分や香料を与え、一定の温度に保つことによって、生きた人間の子供（ホムンクルス）を人工的に製造しようと企てたのも、同じ理論に根拠をおいた実験であった。まだいかなる罪をも犯していない清浄無垢な人間の象徴である幼児には、その膀胱から排出された水を適当な土壌（実験室的にいえばフラスコ）に注ぎさえすれば、ホムンクルスを産み出すべき力がある、と信じられたのである。パラケルススの『物性について』という著書のなかでは、小児の尿ではなく、男子の精液を蒸溜器のなかに密封して、ホムンクルスを製造する方法が述べられているが、いずれにせよ、この場合、マンドラゴラとホムンクルスとは、ほぼ同じものと見なされていたらしい。（ホムンクルスについては、拙著『夢の宇宙誌』を参照されたい。）

＊

マンドラゴラは、無実の罪によって処刑された、あわれな犠牲者の洩らす断末魔の射精から生ずると一般に信じられていたので、よく死刑場の絞首台の下などに生えている、と考えられた。したがって、マンドラゴラを手に入れる機会に多く恵まれているのは、死刑場に出入りする死刑執行人や隠坊で、彼らはこれを莫大な金額で、ひそかに顧客に売りつけていたという。一五七五年当時、その値段は六十四ターレル（ドイツの古銀貨）であったという。

死刑場以外にも、もちろん、マンドラゴラの生えている場所はあった。ガリア地方で古くから信じられていた伝説によれば、それは槲《かし》の樹の根のあいだに生じた。槲の樹は、申すまでもなくケルト人の崇拝していた樹木である。

ジャンヌ・ダルクの訴訟記録によると、ジャンヌが所有していたマンドラゴラは、彼女の生まれた村ドムレミーの「妖精の樹から遠からぬ場所」に生えていたそうである。妖精の樹とはどんな樹であるか、つまびらかにしないけれども、その樹の下には、しばしば村の病人たちが歩きまわっていたという。たぶん、治療上の効果を期待してのことであろう。そしてマンドラゴラの花は、「一本の榛《はしばみ》の樹のかげに咲いていた」という。

しかし、マンドラゴラの根を抜き取るには、非常な努力と細心の注意を要し、うかつに手を出せば、生命の危険さえあるといわれていた。一定の順序にしたがい、一定の手続を踏んで行わなければならなかった。

マンドラゴラは非常に敏感なので、邪淫の罪に汚れた人間が近づいてくると、たちまち逃げてしまうのである。モグラのように土中に横穴を穿って、場所を変えてしまうのである。だから、マンドラゴラを手に入れようとする者は、まず、あらかじめ長期間の禁欲生活をして、いたずらにマンドラゴラを興奮させないようにしなければならない。斎戒沐浴して、二月二日の聖母マリアのお潔めの祝日には、蠟燭を捧げ、短いお祈りを唱えなければならない。そうして浄らかな身になって初めて、マンドラゴラのそばに近づくことができるのである。

日や時間の選択も、重大な問題であった。しかし多くの魔法書をしらべてみると、その指示は必ずしも一定していない。ある本によれば、マンドラゴラを摘むには安息日の土曜がよく、べつの本によれば、愛神ウェヌスの日である金曜日が適当だと書いてある。暗い真夜中がよいと書いてある本もあれば、明け方がよいと主張する本もある。九月の初旬が最もよく、他の季節は駄目だという説もあれば、十二月のクリスマスの晩が最適であるという説もある。

こうして首尾よくマンドラゴラを発見し、これに近づくことができたとしても、いきなり手で触れたりしては危険千万である。前にも説明したように、この植物には強烈な魔力があるからである。まず、その魔力を弱めるために、植物のまわりに、剣で三重の魔法の輪を描き、植物の樹皮に、三つの十字架のしるしを彫りつけなければならない。

あるいはまた、植物の魔力を弱めるために、そのまわりに女の月経の血や小水を撒布しておくのも、効果的な方法である。そうすると、マンドラゴラは動けなくなってしまうのだ。

しかし、だからといってマンドラゴラの魔力がすっかり消えてしまっては、せっかく苦心して摘んでも、何の役にも立たなくなってしまう。ある程度の魔力は残しておかなければ意味がない。そこで、いま述べたような予備的な配慮を抜かりなく済ませたら、次には、逆にマンドラゴラを刺激するような場面を展開する。すなわち、そのまわりで輪になって踊りを踊ったり、みだらな冗談を言ったりするのだ。むろん、踊り手が若い処女であれば、それだけ効果はあがる。

「ルーマニアのトゥルダ地方では、真夜中に、若い娘や女が二人ずつ組になり、髪ふり乱し、裸になって抱き合いながら、マンドラゴラを摘みに行く。植物の生えている場所へくると、二人は折り重なって寝るのである」とエリアーデが書いている（『ルーマニアにおけるマンドラゴラ崇拝』一九三八年）。これもまた、マンドラゴラを刺激するための一手段であることは申すまでもない。

さて、いよいよマンドラゴラの根を抜くには、人間が直接これに手を下しては危険だか

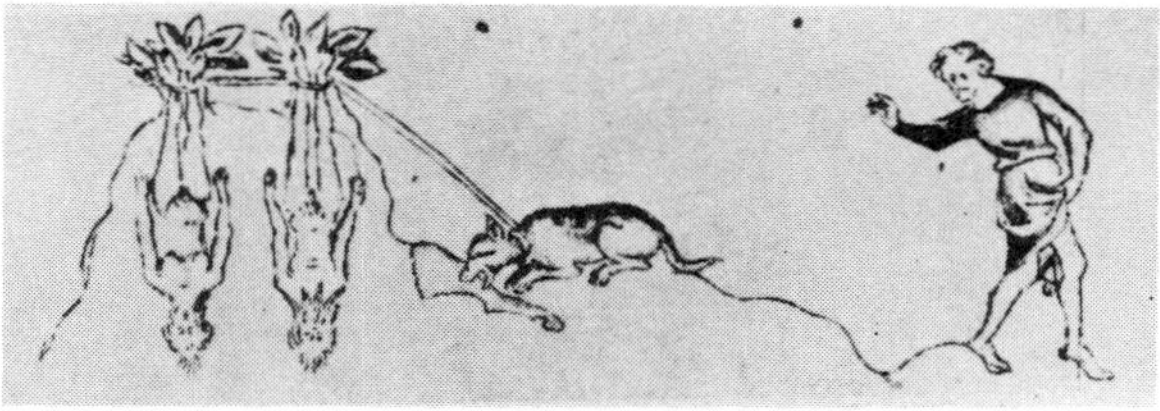

マンドラゴラを抜く法。『女王マリーの詩篇』（十四世紀）より

ら、一匹の犬を利用する。犬は真黒な種類がよろしい。地下の暗い世界に親しんでいるマンドラゴラは、黒いものを好むからである。まず、マンドラゴラの生えている近くの地面に、鍬を用いて深い穴を掘る。そして穴のなかに、ネズミやコウモリの肉をとろ火でぐつぐつ煮た汁に、自分の血を混ぜたものを注ぎこむ。それから犬を穴のなかに突き落とす。よく仕込まれた犬は、肉の臭いに刺激されて、教えられた通り、爪で地面を掻きはじめるのである。こうして、やがてマンドラゴラの根が掘り出される。

すっかり根が掘り出されると、犬はきりきり舞いをして死んでしまう。根が引き抜かれる際、マンドラゴラの発する赤ん坊の泣き声のような不快な音に、あわれな獣はとても堪えられないのである。一般に、この植物の発する声は、じつに不愉快な、鋭い軋るような音で、人間でさえ、うっかりこれを耳にすれば、とても我慢できたものではなく、しばしば発狂してしまう場合があるという。だから用心ぶかい者は、あらかじめ耳に綿や蠟で栓をしておく。

犬を用いるやり方には、さらに次のような方法もある。すなわち、長い革紐の一端をマンドラゴラの根もとに結び、他の一端を犬の首輪に結びつける。そうして、大急ぎで逃げ出すのである。よく馴れた犬なら、主人のあとを追ってくる。もし追ってこなければ、焼き肉で誘って犬を走らせる。それでも駄目なら、棒で犬の横腹をたたいてやる。いずれにせよ、こうして犬が走り出せば、マンドラゴラの根は引き抜かれるはずである。

あわれな犬は、たちどころに悶死するが、その屍体をほったらかしておいて、禿鷹や肉食獣の餌食にしてしまったりしてはいけない。人間のかわりに犠牲になったのだから、儀式にのっとって、手厚く葬ってやるべきである。また、マンドラゴラを抜いたあとの穴には、パンと、塩と、一枚の貨幣をおさめて、きちんと土をかぶせておかなければいけない。これは大地の神に対する奉納物である。

しかし、こうして苦心惨憺して手に入れたマンドラゴラの根を、よくよく見ると、へんな不恰好な形をしていて、失望してしまうこともあるようである。ちゃんとした人間の形ではなくて、月足らずの動物の胎児のようであったり、魚のようであったり、蛙のようであったりする。そうかと思うと、男女のいずれの性器をも備えていて、まるでヘルマフロディトスのような奇怪なのもある。完全な人間の形をしているものは、たいへん珍らしいのである。

＊

生きた植物マンドラゴラは、最初の人間アダムと同じように、純粋な神の創造物であり、純粋であればあるだけ、悪の力に屈服しやすいのである。アダムの子の敵である悪魔は、このマンドラゴラを奪おうとつねに機会をねらっている。だから、それを防ぐために、地面から抜いたらすぐ泉の水に漬けて、よく洗い清めておくことが必要である。また、牛乳や赤葡萄酒に浸して、生気を保たせておくことが望ましい。

十七世紀の終りごろ、ウィーンの帝室図書館のコレクションに、貴重な二体のマンドラゴラが納められた。それらは、魔術や神秘の大好きなハプスブルグ家の皇帝ルドルフ二世の蒐集品の一部であった。図書館の管理人は、規則的にマンドラゴラを水に漬けてやっていた。ところが、あるとき、管理人が怠けて水に漬けてやらないでいると、二体のマンドラゴラは、まるで赤んぼうのように泣きはじめ、狐の仔のように金切り声をあげはじめたのである。おどろいた管理人が、またいつものように漬けてやると、泣き声はぴったりおさまったそうである。——この話は、十九世紀のドイツの『民俗学雑誌』（ベルリン、一八九一年）に出ている。

さらにマンドラゴラを保存するためには、これに着物を着せ、外気の寒さを防いでやることが必要である。よく洗ってから、やわらかいシャツを着せ、その上に赤あるいは白の絹の布地をまとわせる。紅白二色に染め分けた着物を着せてやってもよい。白は純潔、永遠、光を意味するローマ法王の色であり、赤は犠牲の血、聖霊をあらわす枢機卿の色である。したがって、紅白の着物にくるまれたマンドラゴラは、悪魔の誘惑の力によく対抗することが可能となるのだ。

保存しておく容器についても、いくつかの大事な注意がある。内部に上等な布地を張った、立派な戸棚のなかに安置しておかねばならない。さもなければ、柩の形をした小箱のなかにしまっておく。小箱の蓋の内側には、黒い十字架を描き、蓋の表面には、わざと古めかしいスタイルで絞首台の絵を描く。絞首台には罪人がぶらさがっていて、その下の地面には、マンドラゴラに似た人間＝植物が生えている。そんな図を描いておくのである。

小箱のなかには蒲団を敷き、枕を置いて、その上にマンドラゴラをそっと寝かせておく。マンドラゴラの手には、やどり木の小さな束を持たせておく。毎日、一定の時間に、食事を供することも忘れてはならない。こんな風に、まるで生きている人間と同じように鄭重に扱わなければならないのである。

ふしぎな生きた植物マンドラゴラについて述べたついでに、世界各地に伝わる同じような人間＝植物、あるいは動物＝植物に関する伝説の例を、さらにいくつか拾ってみよう。まず、ヨーロッパ中世の詩人や学者がアラビア、ペルシア、ユダヤなどの文献から得た知識をもとにして編んだ、東洋の珍奇な風物について述べた書物のなかに、おもしろい例がたくさん見つかる。なかでも有名なのは、「ワクワク」島の伝説であろう。

船で遠くシナ海を渡ってゆくと、ワクワク島という小さな島があり、その島に、イチジクの樹に似て、こんもりと葉の繁った、ふしぎな植物が生えている。三月の初めになると、椰子の実によく似た果実を生じ、その果実から、若い娘の足が生えてくる。やがて美しい腿、ふっくらした膝、小さな尻を次々に生じ、四月の終りごろには、女の子の肉体は完全に出揃い、五月には頭を生じ、髪の毛で枝からぶら下がるようになる。まことに可愛らしい娘である。しかし六月の初めになると、果実は落ちはじめ、中旬には、すっかり枝から落ちてしまう。そして落ちるとき、果実は「ワクワク」という叫び声をあげ、黒くなって、しなびて死ぬのである。落ちた果実は早く埋めてしまわないと、悪臭を発して、そばへ近寄りがたくなる。

＊

この童話的幻想にみちた伝説は、ヨーロッパでは、十世紀ごろに書かれた『インドの神秘の書』という書物に最初に出てくる。似たような種類の記述はたくさんあって、十二世紀に書かれたアルメリアの地理学者某の書物にも、ほとんど同じことが語られている。娘たちが「ワクワク」と叫ぶところまで、すっかり同じである。

しかし、ワクワク伝説に関する最も古い記述は、紀元七五一年、高仙芝の率いる唐の軍隊がタラス河畔の戦いで大食《タージ》（アラビア）軍に敗れたとき、捕えられてアラビアに抑留された一人のシナ人が、故国に帰ってから筆をとったと伝えられる中国側の記録であろう。その記録によると、アラビアの王の宮廷に、人間の生えていた奇怪な植物の枝は、当時もなお保存してあったという。

これは架空の小説だけれども、例のシナの四大奇書の一つである『西遊記』にも、人蔘果という赤んぼうのなる樹があって、葉ごもりのあいだから、小さな頭をゆさゆさ揺すっている赤んぼうの描写があったと記憶する。孫悟空と猪八戒が、師匠の目をぬすんで、この果実を食べたところ、すこぶる美味であったという。

アラビア側の文献にも、かなり古い時代のものがある。アッバス朝の文人として名高いアル・ジャーヒズの『キタブ・アル・ハイヤワン』（「動物の書」の意。八五九年）に、やはり人間＝植物伝説のよく似たヴァリアントが見つかる。

十三世紀になると、この伝説は、アラビアの地理学者アル・カズウィーニーの『宇宙誌』によって大いに弘められた。また、多くのペルシア詩人によっても採りあげられ、いわゆるアレクサンドロス大王（ペルシアではイスカンダルと称する）の物語と結びつけられた。名高いペルシアの国民叙事詩人フィルダウシイの『シャーナーメ』（「列王の書」の意。一〇一〇年）や、ニザーミーの『イスカンダルの書』（一一九一年）などに、その例を見ることができる。ヨーロッパでも、すでに十二世紀末のフランス人アレクサンドル・ド・ベルネーの叙事詩『アレクサンドロス大王物語』に、マケドニアの英雄の物語と結びついた、一種のワクワク伝説のエピソードがある。次に、その概要を紹介しよう。

アレクサンドロス大王の兵士たちが、インドに近い土地で、とある魔法の森に入ってゆくと、どの樹の下にも、うら若い処女が一人ずつ立っているのを発見する。美しい姿態、小さな胸、明るく澄んだ眼、みずみずしい肌の処女たちである。彼女たちは、この魔法の森の奥で、春がくるたびに、豊かな液汁に潤された大地から萌え出るのである。ここでは、つねに気温が一定していて、寒さも暑気も知らず、雪や雹《ひょう》も決して降らない。一種の仙境で、目に見えない魔法の垣根が張りめぐらされ、卑しい人間や獣は絶対に近づくことができないのだ。ただ、若々しい勇敢な兵士のみ近づくことを得る。実のところ、この娘たちは、いずれも大そう慎しみぶかく、葉の繁った季節になって、初めて若者たちを迎えようという気を起すのである。

処女たちは、べつに恥ずかしがりもせず、みんなの見ている前で、一人ずつ自分の相手を選ぶ。彼女たちを自由にしようと思えば、造作もない。むしろ彼女たちの方から男を誘うような塩梅でさえある。しかし、人間と植物との交情には、必ず悲劇的な結末が待っているという。

魔法の森で、かの純潔の誉れ高きアレクサンドロス大王もまた、ひとりの処女に夢中になってしまった。雪のような純白の肌の処女であった。大王は、彼女を連れて帰ろうと思い、彼女の頭を王冠で飾り、抱きあげて馬の鞍にのせようとした。すると処女が悲しげな、おびえた声で、次のように訴えたのである。「やさしい大王さま、あたしを殺さないでくださいまし。一歩でも森の外に出れば、あたしはすぐ死んでしまうのです。それがあたしの運命なのです」と。

彼女たちは、生まれ故郷の大地にしっかり結びついていて、無理にそこから引き離せば、ただちに死ぬ運命だったのである。のみならず、寒い冬が近づけば地中にもぐり、地面の下で姿を変え、ふたたび夏がめぐってくると、今度は白い花の形になって、地上に顔を出す。そういう運命の植物だったのである。アレクサンドロス大王とその家来たちは、ひどく落胆して、魔法の森を立ち去ったという。

以上はすべてワクワク（人間＝植物）の伝説の系統であるが、これとならんで、動物＝植物の伝説も、東洋に対する関心の高まってきた十三世紀ごろから、いろんな書物にあらわれはじめる。

インドのある庭園では、柘榴の樹に色さまざまな鳥の花が咲く、といわれていた。また、枝が落ちて動き出し、蛇のように匍いまわると信じられた樹もあった。野菜のように、動物が地面に植わっているという伝説もあった。シナから伝わった韃靼の伝説によれば、地面に牝羊の臍を蒔き、これに水をやると、小さな羊の子供が生えてくる。雷がごろごろ鳴ると、羊は生長する、といわれた。

律法学者《ラビ》シメオン・ド・サンスの『エルサレム・タルムード』註解（一二三五年）によれば、「ヤドゥア」という名の植物が山に生えていて、それは半ば人間のような外観をしており、臍で地中の根と繋がっている。まわりの草を食い荒らし、近づく者すべてに襲いかかる。これを殺すには、地中に繋がっている臍の緒を切ってしまわなければならない、という。また、十二世紀終りごろの旅行家レーゲンスブルクのペッタキアによると、人間の顔をした「ドゥダイムス」という植物があって、この植物の栽培されている果樹園は、ニネヴェとバグダッドのあいだにあるという。

そのほか、声を出す植物について語っている学者も、大勢いる。十二世紀のコルドバの大哲学者マイモニデスは、幹の付け根に頭のある植物が、インドに生育していることを報告している。この植物は、髪の毛がそのまま根になっていて、あたかもマンドラゴラのような人間の声を発する。十三世紀初めのアラビアの博物学者イブン・アル・バイタルも、その著『植物学』のなかで、祭の日に叫び声を出す植物「サルラーハ」のあることを語っている。この植物の声を聞く者は、一年以内に死ぬという。

ペルシアの古い細密画《ミニアチュール》を見ると、装飾的な唐草模様の枝の先端に、人間や動物の顔が生えていたり、繁った葉ごもりのあいだから、人間の頭が果実のようにぶら下がっていたりする。フィルダウシイの『シャーナーメ』のいくつかの挿絵本（たとえばオクスフォード、ボドレイアン図書館蔵のもの）に、おもしろい稚拙な表現が見られる。

同じような絵画表現が中世のヨーロッパにも発見されるが、これはおそらく、東洋から伝来したものにちがいない。

たとえば、アルサスのホーヘンブルクの尼僧院長であったヘルラデ・フォン・ランツベルク（一一九五年死）の手写本『ホルトゥス・デリキアルム』（「悦楽の園」の意）のなかに、アダムがワクワクの樹のそばで寝ており、神がこの樹の枝を折って、イヴを造ろうとしている図がある。神の手に支えられたイヴは、枝からもぎ取られた果実のようで、胸から上の半身しかなく、両手はあるけれども脚はない。数個の人間の頭の生えたワクワクの樹は、あのペルシアの唐草模様に酷似している。――この手写本は、当時一流のインテリ女性であったヘルラデによって丹念に描かれた、一種の百科全書ともいうべきもので、注目すべきは、彼女がアラビア風の宇宙観の影響を大きく受けているということだ。（稿本はストラスブルクに所蔵されていたが、一八七〇年の包囲戦で、プロシア軍の砲弾によって湮滅された。）

中世のキリスト教美術には、そのほか「エッサイの樹」とか「生命の樹」とか「悪の樹」などといった、植物と人間とを接合した図像学的表現がしばしば見られるが、この象徴的な植物の扱い方については、ここでは触れないでおこう。それよりも、中世末期からルネサンス初期にかけてのヨーロッパの海外旅行家が、東洋の異事奇聞を紹介するために書いた、さまざまな見聞録、紀行文の類をとりあげよう。

アダムとイヴとワクワクの樹

フランシスコ会修道士として、ペルシア、インド、セイロン、スマトラ、ジャヴァ、ボ

植物＝羊の図。マンデヴィル『東方旅行記』の挿絵

ルネオに布教の旅をし、北京に三年間留まり、チベットを経て帰ってきたイタリアの大旅行家オデリコ・ダ・ポルデノネ（一三三一年死）の『東洋紀行』には、いろんなふしぎな動物や植物のことが報告されている。たとえば、インドのマラバル海岸に、一腕尺（約五十センチ）ばかりの背丈の、小さな男女の果実を生ずる植物があって、その果実は、風さえ吹いていれば新鮮であるが、風がなくなると、乾からびて枯れてしまう。また、シナからインドへいたる途中のカディリという国では、メロンのような果実のなかに生きた羊を生ずる。

この植物＝羊の話は、オデリコの書物から多くを剽窃したとおぼしいサー・ジョン・マンデヴィルの『東方旅行記』（一三六〇年ごろ）にも、そっくりそのまま出ている。すなわち「ひょうたんに似ているが、それよりもっと大きな果実を生ずる樹がある。

その熟した果実を二つに割ると、なかに肉も血も骨もある獣が一匹はいっている。その国の住民は、この獣も果実も食用とするが、まるで小さな羊のようである」と。

この果実を割らないで、そのまま放置すると、やがて、自然に殻が裂けて、小さな羊が飛び出してくる。そうして仲間同士集まって、一団の群をつくるが、彼らはそれぞれ、臍の緒に似た一種の管によって地面と固く繋がっているので、樹のそばを離れたり、遠くへ行ったりするようなことは決してない。

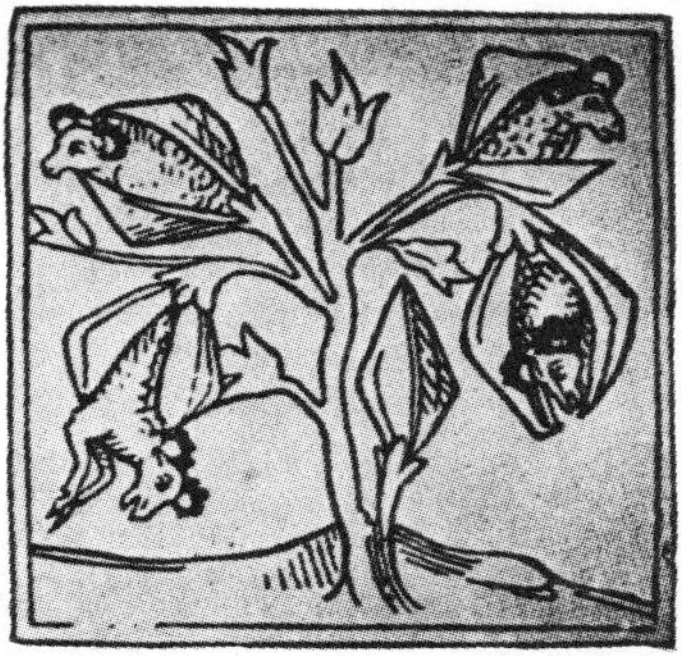
植物＝羊の図。ベリー公『神秘の書』より

マンデヴィルは、この羊を食べたとは言っていないが、十七世紀初めのフランスの博物学者クロード・デュレの『驚嘆すべき植物譚』（一六〇五年）によると、この羊の肉は「ザリガニの肉に似た味がする」そうである。また、その毛皮は羊毛のように保温の役に立つので、季節には商人が摘み取りに行くという。オデリコの書物では、この植物を産する地方は、インドに近い熱帯のカディリという国になっているが、ヴァンサン・ド・ボーヴェの『自然の鏡』（一四七三年）などでは、

「スキタイの羊」という言葉が使われている通り、ヨーロッパ東南部の黒海、裏海方面に産するものと信じられていたようである。十六世紀の初め、皇帝マクシミリアン一世の大使としてモスコウに派遣された外交官ヘルベルスタインの見聞録『ロシア事情解説』（一五四九年）にも、この植物＝羊の話は出ていて、それはサマルカンド地方に産し、「イラン人は誰でも帽子の裏に、この羊の毛皮を用いる」などと書かれている。

オデリコは、植物＝羊の話を述べたあとですぐ、「多くのひとは信用しないであろうが、この話は、アイルランドに、雁という鳥になる果実をつける樹木が存在しているのと同じくらい、真実なのである」と述べている。その果実が鳥になる植物の話は、十三世紀初めの動物誌や、ヴァンサン・ド・ボーヴェの『自然の鏡』などに、早くからその例を見る。そして、この植物＝鳥を産する地方は、一般に英国もしくはフランドル地方と信じられていたらしい。

前に名前をあげたクロード・デュレの書物に、すぐれた学者であったローマ法王ピウス二世の意見として、次のような文章が掲げられている。すなわち、「噂によると、スコットランドには、川の岸辺に、アヒルの形をした果実の生ずる樹木が生育している。果実は熟すると、自然に樹から離れ、あるものは地上に、あるものは水中に落ちる。地上に落ちた果実は、そのまま腐ってしまうが、水中に落ちた果実は、生きて泳ぎ出し、羽ばたいて飛び去る。余はスコットランドに滞在中、このことを気さくなジェイムス王に問い質してみた。その結果、分ったことは、この評判の樹木はスコットランドにはなくて、もっと遠いオークニー諸島にあるということである」と。

*

果実がアヒルになる樹

マンドラゴラから植物＝人間まで、ワクワクから植物＝動物まで、すべてはわたしたちの未知なるものに対する好奇心、エキゾティシズム、空想力が産み出したところの、夢と幻想の精華ともいうべきものであろう。植物の世界から、その夢の隠喩《メタファ》を引き出して、わたしたちは、さまざまな欲望を満足させるべきイメージを手に入れたことを、愉快に思う性質らしいのである。なにも植物の世界ばかりではない。自然は隠喩の宝庫である。「神は、わたしたち人間に二冊の書物をあたえ給うた。すなわち、聖書と自然界という書物である」と言った中世の哲学者のように、わたしたちもまた、この工業生産的な二十世紀の『黄金伝説』を、何とかして誕生させたいものである。

シモンの人形——あとがきにかえて

本書の巻頭におさめた口絵は、一九八二年に製作された四谷シモンの少女人形である。八二年二月の銀座青木画廊における展覧会に出陳されたのち、北鎌倉のわが家にはこばれ、わが家の「娘」となって現在にいたっている。

お尻のあたりまで長く金髪を垂れ、両耳にはアメチストのイアリングをぶらさげ、股間にはかわいらしい割れ目を見せ、足には生意気に靴まではいているけれども、この人形、おっぱいもお尻も小さく、痩せっぽちで男の子みたいである。

首と、腕の三つの関節と、脚の三つの関節とが自由に動かせるようになっていて、いつもはアリスのようにつんとお澄まししているが、ときによると、ずいぶんお行儀のわるい恰好をして見せたりもする。でも、私はそんなすがたの彼女を注意ぶかく、わが家に来訪するお客さんには見せないようにしている。

私の書斎に置いてあるので、この人形、夜中に私が机に向って仕事をしているとき、いつでもだまって私を見ていてくれる。わが家にきてから今年で三年目だが、私の実感としては、もうずっと前から私の書斎に住みついているような気がしてならない。いうまでもあるまいが、私はこの人形がたいそう気に入っているのである。

四谷シモンと知り合ったのは六〇年代の半ば、まだ彼が人形師として出発していないころで、最初は画家の金子國義がわが家につれてきたのだった。二十歳そこそこの若さだった。十八歳のとき本屋の店頭でハンス・ベルメールの人形の写真を見て啓示を受け、ひそかに人形師たらんとする決意を固めたというシモンは、同じくベルメール好きの私と、どうしても人生の途上で遭遇しなければならない運命にあった人物といえるであろう。本書のなかにもベルメールにふれた文章が数篇あるが、まとまった私のベルメール論は『幻想の画廊から』（青土社）と『幻想の彼方へ』（白水社）の二著にふくまれていることを、ついでながらここに付記しておこう。

去年の春、フランスの人形愛好家のための季刊雑誌「ポリシネル」が日本特集を行ったとき、表紙に篠山紀信撮影のシモンの人形をカラーで掲げ、また本文でも八ページにわたって大きくシモンの人形を紹介しているのに私は快哉を叫んだものであった。その紹介記事のタイトルは、なんと「日本のピュグマリオン、四谷シモン」というのである。アンチックドールの蒐集はいまや世界的な流行で、その道のマニアがついに日本にまで目を向けはじめたわけであろうが、それにしても、シモンの人形には彼らもさぞや度肝をぬかれ、目をぱちくりさせたことであろうと私は想像して、おかしくなった。

さて、このたび『少女コレクション序説』が新たに中公文庫に加わって、私のエロティシズム関係のエッセー集が三冊、同文庫で揃うことになった。最初の二冊『エロティシズム』および『エロス的人間』がいささか堅苦しい原理論だったとすれば、このたびの本は、私が私の好みの領域に自由にあそび、気に入ったテーマで書いたものをあつめたので、前の二冊よりはいくらか筆が躍っているかもしれない。いちいち初出を示さないが、各エッセーの書かれた時期は昭和三十九年から昭和五十六年までの十七年間におよんでおり、すでに単行本『エロスの解剖』（昭和四十年、桃源社）、『ヨーロッパの乳房』（昭和四十八年、立風書房）、『人形愛序説』（昭和四十九年、第三文明社）、『城と牢獄』（昭和五十五年、青土社）、『魔法のランプ』（昭和五十七年、立風書房）などに収録されたことのあるものばかりである。

昭和六十年一月

澁澤　龍彥

巻末エッセイ　昼休みのドラコニア

朝吹真理子

私には友達がいなかった。とくに中学生のころは、昼食をいっしょに食べるクラスメイトさえいなかった。通学時も当然のごとくひとりだったので、しゃべりながら練り歩く同級生をよそに、学校で禁止されていたMDウォークマンで音楽をきいて帰っていた。友達はいなかったけれど、澁澤龍彥はいた。澁澤は学生鞄のなかにいた。鏡や制汗剤といっしょに無造作に入っていた。土方巽が「バラ色ダンス——澁澤さんの家の方へ」という作品を踊っていたけれど、私も時空をまたいで「澁澤さんの家」にいた。北鎌倉にある澁澤邸には足を踏み入れることはできないけれど、伸縮自在に伸び縮みする本のなかのドラコニア（澁澤さんの家）には毎日遊びに行っていた。そこは、ユートピアだった。

中学時代には二度と戻りたくはないけれど、あのときに澁澤を読みふける体験がなかったら、横尾忠則が「バラ色ダンス——澁澤さんの家の方へ」の宣伝ポスターでコラージュしていた、乳首をつまむ女性のフォーンテーヌブロー派「ガブリエルデストレとその妹」を画集から探してみることも、ハンス・ベルメール、プリニウス、マニエリスム絵画にも、であえなかったかもしれない。ミシェル・レリスが「成熟の年齢」のなかで書いた、ココア缶を持っている女性のココア缶のラベルにも同じ女性がココア缶を持ってほほえんでいるという無限につづく絵のめまいも、きっと知らないままだった。

昼休みになると、クラスメイトたちは仲のいいひとたちと机を寄せ合って弁当を食べる。私は、教室のなかにいても挨拶のほかは誰かと話すこともなく、購買部までひとり歩いてビスケットと紙パックの牛乳を買ってから、ひとにみつからない場所を探した。たいていは講堂のすみだった。母がこしらえた紅鮭の入った弁当を急いで食べ終えると、ビスケットと牛乳を交互にくちにしながら、ドラコニアをたずねる。予鈴が鳴るまで、澁澤がたずねたイタリアのボマルツォにある奇妙な庭園のことを、うっとり読んでいた。当時は、友達がいないじぶんのことがどこか恥ずかしかったけれど、いまはあのときに友達がいなくてよかったと思っている。

私は、澁澤の書いた作品のなかでも、とりわけ、日本的なところに触れているものが好きだった。澁澤が喉頭癌の手術のときにみた幻覚について記した「都心ノ病院ニテ幻覚ヲ見タルコト」のなかにあらわれる蘭陵王の舞楽面、蹴鞠上手な藤原成道の小説「空飛ぶ大納言」、遺作となってしまったけれど天竺に向かって旅をする「高丘親王航海記」、これらを読んでいなかったら、大学のときに日本文学を専攻しなかったかもしれない。

澁澤は、小さな迷宮をたくさん書いている。本書にも「宝石変身譚」を書いているけれど、石、ウニ、花、胡桃《くるみ》、ドングリ、自然の博物誌をひもときながら、てのひらにおさまるもののなかに宇宙があることを澁澤は教えてくれた。

澁澤龍彥が好きだと話すと、アングラが好きなんだね、と返ってくることがしばしばある。たしかに、アンダーグラウンドたるムードをつくった第一人者でもある。「悪徳の栄え」の翻訳がわいせつだと訴えられたサド裁判のイメージ、家の書棚にもあった、野中ユリの装丁した「澁澤龍彥集成」だってゴシックのにおいが立ち籠めているし、六〇年代末に澁澤が編集していた「血と薔薇」はデカダンそのものといったかんじがするけれど、それらは、多面体の澁澤がみせた一面に過ぎないと思う。

澁澤龍彥の文章がいまも熱烈なファンをもって読み継がれているのは、ことばの軽妙さと、清潔さにあると思う。「わいせつ」を書いていてもどこまでも上品だ。澁澤は、真冬になると白いタートルネックを好んで着ていたらしかった。写真にもやわらかそうな白いタートルネックを着てうつっている。その色を纏《まと》う澁澤は上品で、そのたたずまいは、そのまま文章にあらわれている。白ウサギを「ウチャ」と呼んでかわいがり、ムカゴの季節になると嬉々として自邸の庭や鎌倉の寺にとりにいくエピソードを読むと、子供のような、一国の王様のような、ふしぎな感じがする。四谷シモンが澁澤に贈った真っ白い天使像があるけれど、澁澤と親交の深かったひとたちのエピソードを読んでいると、澁澤が天使のようにもみえる。「幼時体験について」というエッセイが本書に収められているけれど、子供のまま生きることを澁澤は肯定的に書いていた。書いたことば通り幼体成熟（ネオテニー）のひとだったのだと思う。

澁澤の書いたことばを追って読むと、偏執的な感じがしない。じつはフェアネスのひとだったと思う。

本書のなかで、澁澤自身が引用しているけれど、オスカー・ワイルドの『ドリアン・グレイの肖像』の序文とかさなる。

「道徳的な書物とか、反道徳的な書物とかいうようなものは存在しない。書物はよく書けているか、それともよく書けていないか、そのどちらかである。ただそれだけのことだ」

この一文の通りのことを、澁澤は責任をもって挑んでいたような気がする。エロス、グロテスク、それらが反道徳的だとして追いやられていることがおかしいから、それをとりあげた。ないがしろにされていた事物に光をあてたからで、それに取り憑かれていたのではない。彼の公平性によるものだったのではないかと思う。

本書は、『少女コレクション序説』というタイトル通り、いくつかの「少女」についてのエッセイが収められている。オブジェに対する嗜好のひとつとして少女を書いているから、コレクションされる少女たちは、少女の結晶化されたすがたであって、生身の女の子たちそのものの話ではない。少女を賛美していても下品じゃないし、嫌悪も抱かない。この本のなかの少女たちには生身がないからコレクションできる。石や貝殻と同列のものとして語られている。からっぽで、観念のなかにしかないからこそ、エロティックなのだった。澁澤の書く少女には、血肉がない。臓器がない。臓器があったとしても、それは蠟でできている。「人形愛の形而上学」を読んでいると、一八世紀に解剖学のためにつくられたという人体模型を思い出す。身をよじらせる少女の人体模型で、解剖学のためにつくられた人体模型という体裁だけれど、恍惚とした表情の少女の身体をあけると、食道や胃壁、子宮、さまざまな臓器がみえる。私は、採血の針をみるのも苦手で手術映像もホラー映画の血糊でさえ手の力がぬけるほどの恐がりなのだが、開腹してほほえむその少女たちは、エロティックで、みつめつづけてしまう。きらきらした腸管の露出した少女が、ほほえんでいる。学問のためにつくられたとはとてもおもえないエロスがある。澁澤龍彥の書く少女を読むとそれがあたまによぎる。

「エロスとフローラ」には、澁澤が愛している貝殻や骨、珊瑚虫といった、動物と植物のあいだに位置する物へのエロスを書いている。貝殻は生きていた記憶の形を保持したまま、存在している。そこに、結晶化された少女も位置するのではないかと思う。球体関節人形や蠟人形は、有機と無機のあいだにありつづけるから、どこまでもエロティックなのだ。

（あさぶきまりこ・作家）

本文中、今日の歴史・人権意識に照らして不適切な語句や表現がありますが、テーマや著者が物故していることに鑑み、原文のままとしました。

中公文庫

少女《しょうじょ》コレクション序説《じょせつ》

1985年 3 月10日　初版発行
2013年 1 月10日　初版21刷発行
2017年 7 月25日　改版発行

著　者　澁《しぶ》澤《さわ》 龍《たつ》彦《ひこ》

発行者　大橋 善光

発行所　中央公論新社
〒100-8152　東京都千代田区大手町1-7-1
電話　販売 03-5299-1730　編集 03-5299-1890
URL http://www.chuko.co.jp/

DTP　平面惑星
印　刷　三晃印刷
製　本　小泉製本

Published by CHUOKORON-SHINSHA, INC.
Printed in Japan　ISBN978-4-12-206432-4 C1195

定価はカバーに表示してあります。落丁本・乱丁本はお手数ですが小社販売部宛お送り下さい。送料小社負担にてお取り替えいたします。

中公文庫既刊より

し-9-2
サド侯爵の生涯　澁澤龍彥
無理解と偏見に満ちたサド解釈に対決してその全貌を捉えたサド文学評論決定版。この本をぬきにしてサドを語ることは出来ない。〈解説〉出口裕弘
201030-7

し-9-4
エロス的人間　澁澤龍彥
時空の無限に心を奪われる、その魂の秘密の部分、そして純潔と神秘に淫蕩とを兼ね備えた不思議の宇宙——本質的にアモラルな精神の隠れ家への探検記。
201157-1

し-9-7
三島由紀夫おぼえがき　澁澤龍彥
絶対と相対、生と死、精神と肉体——様々な観念を表裏一体とする激しい二元論に生きた天才三島由紀夫。親しくそして本質的な理解者による論考。
201377-3

し-9-8
エロティシズム　澁澤龍彥
人間のみに許された華麗な〈夢〉世界——芸術や宗教の根底に横たわり、快楽・錯乱・狂気に高まるエロティシズムの渉猟。精神のパラドックスへの冒険。
202736-7

あ-69-1
追悼の達人　嵐山光三郎
情死した有島武郎に送られた追悼は？　三島由紀夫の死に同時代の知識人はどう反応したか。作家49人に寄せられた追悼を手がかりに彼らの人生を照射する。
205432-5

あ-69-2
西行と清盛　嵐山光三郎
歌に生きた西行、権力に生きた清盛。二人は北面の武士で同い年の同僚だった。歌を介し生涯交わり続けた、同じ花弁の裏表のような二人を描く時代小説。
205629-9

あ-69-3
桃仙人　小説 深沢七郎　嵐山光三郎
「深沢さんはアクマのようにすてきな人でした」。斬り捨てられる恐怖と背中合わせの、甘美でひりひりした関係を通して、稀有な作家の素顔を描く。
205747-0

各書目の下段の数字はISBNコードです。978-4-12が省略してあります。

あ-69-4
書斎は戦場なり　小説・山田美妙
嵐山光三郎
言文一致をひっさげ、若くして文壇に躍り出た山田美妙。スキャンダルに絡め取られながらも書斎という戦場で戦い抜いた生涯に迫る。〈解説〉坂崎重盛
205995-5

あ-84-1
女体について　晩菊の八篇
安野モヨコ選・画　太宰治／岡本かの子／森茉莉他
はたかれる頬、蚤が戯れる乳房、老人を踏む足、不老の童女……文豪たちが「女体」を讃える珠玉の短篇に、安野モヨコが挿画で命を吹きこんだ贅沢な一冊。
206243-6

う-26-3
安徳天皇漂海記
宇月原晴明
若き詩人王は詠い、巡遣使マルコ・ポーロは追う。神器に封じられた幼き帝を――。海を渡り時を越え紡がれる幻想の一大叙事詩。第十九回山本周五郎賞受賞作。
205105-8

う-26-4
廃帝綺譚
宇月原晴明
元と明の廃帝と、隠岐に流された後鳥羽院。廃されし王に残されたものとは。山本周五郎賞受賞作『安徳天皇漂海記』に連なる物語。〈解説〉豊崎由美
205314-4

い-6-2
私のピカソ　私のゴッホ
池田満寿夫
ピカソ、ゴッホ、そしてモディリアニ。青年の日に深い衝撃を受け、そして今なお心を捉えて離さない天才たちの神話と芸術を綴る白熱のエッセイ。
201446-6

い-6-4
エーゲ海に捧ぐ
池田満寿夫
二人の白人女性を眺めながら受ける日本の妻からの長い国際電話……。卓抜な状況設定と斬新な感覚で描く、衝撃の愛と性の作品集。〈解説〉勝見洋一
202313-0

お-2-2
レイテ戦記（上）
大岡　昇平
太平洋戦争の天王山・レイテ島での死闘を再現し戦争と人間を鋭く追求した戦記文学の金字塔。本巻では「一　第十六師団」から「十三　リモン峠」までを収録。
200132-9

お-2-3
レイテ戦記（中）
大岡　昇平
レイテ島での日米両軍の死闘を、厖大な資料を駆使し精細に活写した戦記文学の金字塔。本巻では「十四　軍旗」より「二十五　第六十八旅団」までを収録。
200141-1

各書目の下段の数字はISBNコードです。978－4－12が省略してあります。

お-2-4
レイテ戦記（下）
大岡昇平
レイテ島での死闘を巨視的に活写し、戦争と人間の問題を鎮魂の祈りをこめて描いた戦記文学の金字塔。地名・人名・部隊名索引付。〈解説〉菅野昭正
200152-7

お-2-11
ミンドロ島ふたたび
大岡昇平
自らの生と死との彷徨の跡。亡き戦友への追慕と鎮魂の情をこめて、詩情ゆたかに戦場の島を描く。『俘虜記』の舞台、ミンドロ、レイテへの旅。〈解説〉湯川豊
206272-6

た-30-6
鍵　棟方志功全板画収載
谷崎潤一郎
妻の肉体に死をすら打ち込む男と、死に至るまで誘惑することを貞節と考える妻。性の悦楽と恐怖を限界点まで追求した問題の長篇。〈解説〉綱淵謙錠
200053-7

た-30-11
人魚の嘆き・魔術師
谷崎潤一郎
愛親覚羅氏の王朝が六月の牡丹のように栄え耀いていた時分——南京の貴公子の人魚への讃嘆、また魔術師と半羊神の妖しい世界に遊ぶ。〈解説〉中井英夫
200519-8

た-30-18
春琴抄・吉野葛
谷崎潤一郎
美貌と才気に恵まれた盲目の地唄の師匠春琴。その弟子佐助は献身と愛ゆえに自らも盲目となる——代表作『春琴抄』と『吉野葛』を収録。〈解説〉河野多恵子
201290-5

た-30-24
盲目物語
谷崎潤一郎
長政・勝家二人の武将に嫁し、戦国の残酷な世を生きた小谷方と淀君ら三人の姫君の境涯を、盲いの法師が絶妙な語り口で物語る名作。〈解説〉佐伯彰一
202003-0

た-30-25
お艶殺し
谷崎潤一郎
駿河屋の一人娘お艶と奉公人新助は雪の夜駈落ちした。幸せを求めた道行きだった筈が……。芸術とは何かを探求した「金色の死」併載。〈解説〉佐伯彰一
202006-1

た-30-27
陰翳礼讃
谷崎潤一郎
日本の伝統美の本質を、かげや隈の内に見出す「陰翳礼讃」「厠のいろいろ」を始め、「恋愛及び色情」「客ぎらい」など随想六篇を収む。〈解説〉吉行淳之介
202413-7

た-30-10
瘋癲《ふうてん》老人日記　谷崎潤一郎
七十七歳の卯木は美しく驕慢な嫁颯子に魅かれ、変形的間接的な方法で性的快楽を得ようとする。老いの身の性と死の対決を芸術の世界に昇華させた名作。
203818-9

た-30-50
少将滋幹《しげもと》の母　谷崎潤一郎
母を恋い慕う幼い滋幹は、宮中奥深く権力者に囲われた母の元に通う。平安文学に材をとった谷崎文学の傑作。小倉遊亀による挿画完全収載。〈解説〉千葉俊二
204664-1

た-30-52
痴人の愛　谷崎潤一郎
美少女ナオミの若々しい肢体にひかれ、やがて成熟したその奔放な魅力のとりことなった譲治。女の魔性に跪く男の惑乱と陶酔を描く。〈解説〉河野多恵子
204767-9

た-30-53
卍（まんじ）　谷崎潤一郎
光子という美の奴隷となった柿内夫妻は、卍のように絡みあいながら破滅に向かう。官能的な愛のなかに心理的マゾヒズムを描いた傑作。〈解説〉千葉俊二
204766-2

み-9-6
太陽と鉄　三島由紀夫
三島ミスチシズムの精髄を明かす表題作。作家として自立するまでを語る「私の遍歴時代」。三島文学の本質を明かす自伝的作品二篇。〈解説〉佐伯彰一
201468-8

み-9-7
文章読本　三島由紀夫
あらゆる様式の文章・技巧の面白さ美しさを、該博な知識と豊富な実例と実作の経験から詳細に解明した万人必読の文章読本。〈解説〉野口武彦
202488-5

み-9-9
作家論　新装版　三島由紀夫
森鷗外、谷崎潤一郎、川端康成ら作家15人の詩精神と美意識を解明。『太陽と鉄』と共に「批評の仕事の二本の柱」と自認する書。〈解説〉関川夏央
206259-7

み-9-10
荒野より　新装版　三島由紀夫
不気味な青年の訪れを綴った短編「荒野より」、東京五輪観戦記「オリンピック」など、〈楯の会〉結成前の心境を綴った作品集。〈解説〉猪瀬直樹
206265-8

各書目の下段の数字はISBNコードです。978－4－12が省略してあります。

み-9-11
小説読本 三島由紀夫
作家を志す人々のために「小説とは何か」を解き明かし、自ら実践する小説作法を披瀝する、三島由紀夫による小説指南の書。〈解説〉平野啓一郎
206302-0

み-9-12
古典文学読本 三島由紀夫
「日本文学小史」をはじめ、独自の美意識によって古今集や能、葉隠まで古典の魅力を綴った秀抜なエッセイを初集成。文庫オリジナル。〈解説〉富岡幸一郎
206323-5

よ-48-1
ぶるうらんど 横尾忠則幻想小説集 横尾忠則
生と死のあいだ、此岸と彼岸をただよう永遠の愛。泉鏡花文学賞受賞の表題作に、異国を旅する三つの幻想奇譚をあわせた傑作集。〈解説〉瀬戸内寂聴
205793-7

よ-17-11
好色一代男 吉行淳之介訳
生涯にたわむれし女三千七百四十二人、終には女護の島へと船出し行方知れずとなる稀代の遊蕩児世之介の物語が、最高の訳者を得て甦る。〈解説〉林望
204976-5

よ-17-12
贋《にせ》食《しょく》物《もつ》誌《し》 吉行淳之介
たべものを話の枕にして、豊富な人生経験を自在に語る、洒脱なエッセイ集。本文と絶妙なコントラストを描く山藤章二のイラスト一〇一点を併録する。
205405-9

よ-17-13
不作法のすすめ 吉行淳之介
文壇きっての紳士が語るアソビ、紳士の条件。著者自身の酒場における変遷やダンディズム等々を通して「人間らしい人間」を指南する洒脱なエッセイ集。
205566-7

よ-17-14
吉行淳之介娼婦小説集成 吉行淳之介
赤線地帯の疲労が心と身体に降り積もり、街から抜け出せなくなる繊細な神経の女たち。「赤線の娼婦」を描いた全十篇に自作に関するエッセイを加えた決定版。
205969-6

ア-6-1
エロティシズム F・アルベローニ 泉典子訳
女は甘美な余韻に浸っていたいが、男は早々に醒めてしまう。セックス後に代表される男と女の違いに焦点をあててエロティシズムを分析した衝撃作。
202777-0